田耳

著

开屏术

上海文艺出版社
Shanghai Literature & Art Publishing House

目录

开屏术
1

嘞螺蛳
99

范老板的枪
175

开屏术

易老板放出那消息,我预感隆介很快会露头,照样先找我。当然,脑海中总是千头万绪,好多预感即来即去,偶尔应验也不奇怪。

我首先想到他黑洞洞的嘴及讲话时煞有介事的样子。"准备好了么?给你讲个好笑的事,让你今天下午哭不出来。"他的神情,总憋着几分坏笑。说这种话时,通常天已经黑下,我俩坐街边喝酒。隆介是我喝酒的师傅,那时我买一瓶三块七的"沱牌"或是四块五的"邵大"去找他,大白玻璃瓶装着。他家门口不缺盒饭店,我俩就着盒饭那点菜喝起来。起初是他八两我二两,接着到七三开、六四开,再到各自一半。有一天,他说他心里难过,指定我多喝。我喝了有七两,他便朝我一指,"咦,你喝酒今天出师了。"那天他说是他的离婚纪念日,心里难过是必须的,我也不意外,这种纪念日并不鲜见。因为,我不知道他结了几次婚离了几次婚，他自己也从没说清楚。他总是喜欢结婚，和他结婚的女人又总是喜欢离婚。

隆介电话打来，一个新号码，说易老板这桩生意他能接，但预付款要尽量多，成本会很高。我第一时间向易老板汇报。"不撂根骨头，他就不露头。"易老板眼白一翻，似乎在头脑中翻找隆介的模样，"这种事情，搞不好真要靠他出手，狗日的隆介，确乎有些异能。他现在人在哪里？"

我刚才竟没问他。照着他的号码回拨过去，已不在服务区。于是发了短信。

第二天下午，才见他回信息，说在成都。我想起这是他起床的点。

易老板说："在成都了不起？几十万的生意也懒得回我信息？你打电话过去，叫他这几天不要挪地方，我亲自去看他，要他请我采耳朵哟。"成都好事情很多，不知为何易老板独对采耳朵念念不忘。

几十万是有些浮夸，易老板报价是十万，求购一只孔雀。这只孔雀当然和一般的孔雀有区别：要能接受人的指令，随时开屏。孔雀通常几千块万把块，能够按指令开屏的孔雀，市场上无现货。

彼时我们还守着独夜寨那个铅锌矿，合伙人是民政局的王局长，若无一个在台面上能够挡事的合伙人，这生意做不下去。在当时，这几乎就是潜行规。王局长表面上什么也不干，坐着分钱，但若没他挂个名头，我们会每天疲于奔命，和当地人无穷地周旋。

王局长不免养了一个女人,我见过,年纪不小,也不漂亮。"但她真的是我初恋……不,暗恋的女人。没想到,现在我能养她。"所以同样是养女人,王局长能够以此展现道义和情怀,某种程度上在帮他加分。那女人先在好吃街开了一家野味馆,店面很大,装修豪华,菜只是家常弄法,还有放猛火时死炒不颠锅造成的焦煳味。厨子是个连鬓胡,不会颠锅。众人背后讲,王局长养这女人,女人养这连鬓胡,得出个结论是王局长未必不知,但在这种关系里,没有谁吃了王八亏,没必要争风吃醋。一句话总结:他们都是有情有义的人。

易老板带我们常去那家店子,吃得心不在焉。费用离谱,但易老板总是喷起酒嗝说:"王局长这人够意思,他对这女人真是好。"夸完,他也曾喃喃自语:"我当年暗恋了哪一个?"

野味店子开不多久就关张,王局长对那女人的好还在持续,到女人老家荃湾镇买一块旧宅地建起新宅。新宅竣工,易老板带一帮小弟前去祝贺。是在老街尽头,一条街房子皆老旧,采光暗淡,还有说不出的整体的歪斜。但在街尾,踩过一条溪沟,环境陡然不同。门是老门,推开里面都是新弄成的,宅院里挖坑放水,其上曲廊回环,其下锦鲤跟肥猪似的缓缓游动,不大的一块地方,一时搞得我们犯起眼晕。当然,现在民宿兴起,这些都成基本配置,在当时,我确乎没想到人住的地方可以弄成这样子。我在单位宿舍长大,"家"对我们来说,就是用来装人的水泥盒子。

还有几尾孔雀,木讷站着,当我们靠近,它们便一溜小跑,并不惊惶。我记得以前的野味店也吃孔雀,可能有些孔雀长相出挑，女人不忍下刀，就被留着。那女人走出来，一袭无袖白纱衣，披发，两条手臂套着许多环，像是光膀子戴起了袖套，浑身上下民族风。孔雀被她养熟，侍从一样跟随其后。那一刻，我们看那女人似乎也不像从前看她那么姿色平常，怎么说呢，她也并未变得更漂亮，而是突然有了异域风情。我很快意识到，这感受更多是来自那些孔雀，它们更应该出现在阿拉伯世界某位苏丹的弥漫着安息香味的后宫。

这本就是王局长的"后宫"。

见到王局长本尊时，易老板自然不吝赞誉之辞。王局长听好话有醉态，忽然说，老易你要真的喜欢，这地方就送你了，包括她。易老板赶紧推辞，表忠心。王局长这时候说："狗见人就摇尾巴。孔雀要是随时晓得开屏，又能当狗养又比狗漂亮，掏再多钱我也要搞起。"

这事情就派到我头上。起初我以为不算难事，春晚上的金鱼都晓得听人话了，那么孔雀至少比金鱼好打交道吧。再说易老板放话，钱不是问题。没想到，训练孔雀开屏有过成功的个例，却无成熟的套路，没人能拍胸脯保证一定把孔雀训好，给个指令就把屁股像折扇一样一褶一褶打开。

"孔雀开屏，是要弄得它发情。"有人在百度问答上回我悬赏的提问，又说，"还要它随时随地反复发情，更不可能。你能训得我反复发情都算你狠。"

我多少有了些了解，知道孔雀开屏不光是发情求偶，防御敌害时也会开屏。它每一根长尾羽都有眼状纹，一开屏，就像有许多眼睛逼视对方，直到把对方吓走。据说拿块红布在它眼前晃，也能激起开屏。"……这个我试过，偶尔有用，但你不能老是这么弄。它吓不走你，它就自己走，不会一次次开屏。孔雀没你想的那么愚蠢。"又有人回话，自称是孔雀养殖户。我问他能否训一只可以随时开屏的孔雀。他说花这么多钱，你干嘛不多买几只，买一大堆呢？这样一来，这只不开那只开，此起彼伏也是很好看的嘛。

那一年高速公路刚在铺，支线飞机已有，飞成都只个把小时，但飞机是巴西产CRJ，同型号的飞机刚在世界范围内发生过数起事故，虽然仍属小概率，但我和易老板进到空荡的机舱，发现简直是坐专机。专机可不是易老板这个级别敢打主意的，一时心情不错，又说隆介知道我们要去看他，接待规格搞得如此之高。易老板说："……隆介的异能，他自己不知道，我们也不要跟他说。这家伙，给他点颜色他就敢开棺材铺。"

易老板认隆介是个人物，始于当年斗鸡。易老板靠做生意吃饭，但偏要把养斗鸡当成自己专业。斗鸡是专门拿来打架的鸡，这不是废话，本地小公鸡也爱打架，但不专门。泰国鸡（暹罗鸡）、缅甸鸡和西贡鸡都很专门，同样大小，体重是本地鸡的一倍，从量级上就淘汰掉本地品种。易老板养斗鸡很早，自称"文革"期间就已开始，无从考证。八十年代他跑车，去广西凭祥口岸买西贡鸡，带回侜城和人赌钱。他说他逢赌必赢，也无从考证，但他入门早，摸通了门路，知道斗鸡这事情是要靠投入。一是买原种，每隔两年一定要去东南亚买原种鸡，因斗鸡带回侜城繁育，体重逐代锐减，鸡二代还可勉强上场，繁

7

育至三代，骨头轻肌肉坠，跟原种鸡没法配对打。二是靠药功，斗鸡喂养不计成本，长期用药汤按摩使皮肤增厚扛打，每天进补，上阵前半月还要每天注射激素、性药和人血白蛋白……这些投入，在斗鸡身上总是见效，它们能把药效尽可能地转化为战斗力，不辜负主人夜以继日的摧残。这么说吧，斗鸡好比是武侠小说里练魔法毒功之人，药坏了身体，但短期内身体暴强，出手阴狠，拳拳致命。打过架的鸡，肉都不能吃，不但药味重，而且每一根肌肉纤维都塞牙缝。

易老板依靠本钱，养斗鸡在佴城博得斗鸡王之名，延续数年。而隆介，他是认识易老板以后才发现斗鸡不但好玩，还能赢钱。

我认识隆介时，他在易老板新开的一家门店里搞装修，指斥着两个钉龙骨架的乡下木匠。他讲话尖刻，好打比喻，喜欢听的当是笑话，一个木匠受不了了，刨子一递说你来。"我来就我来。"隆介看上去弯腰驼背，萎靡不振，一干起活身材暴长一截，刨木钉架子干得飞快，不须用尺，每一根木枋都安放得横平竖直。割铝塑板更是一绝，电割刀在他手里好似一支笔，直接在铝塑板上划线，一掰开，贴到龙骨架上，射钉枪一打，严丝合缝。两个木匠接下安静地听他训斥，脸上赔笑。我走上去递烟。"其实我是书画家，我是用画画的手给你们拆铝塑板，规格高吧？给你们装修门店，也就赚几包烟钱。"他递来名片，上面是写书画家，书法是国协，画画是省协，还有写作最不济也入了市作协。认识以后才知道这人无所不能，干过的活不计其数，中间还有余暇不停地结婚离婚。女儿只一个，才七八岁。我俩刚认识那天，他就说女儿可是天生美人胚，还拿照片给我看。我啧啧地赞叹跟你可一点都不挂相，他乐呵呵地骂起了娘。

他干过那么多活固然是生计所迫，同时我觉着也是天性使然，他当什么都是好玩，跟易老板去过两次斗鸡场，要讨几只斗鸡苗。易老板乐意添个徒弟，要他去鸡场挑鸡苗。是我带隆介去易老板位于半山腰的养鸡场，到地方后看着大同小异的鸡苗，他还问我怎么挑。我只能教他如何分辨公母。他当天不慌下手，三天后又去养鸡场，当天刚好孵出一筐，他全要，表示可以付钱。易老板说："你想玩，全都拿去。"省了钱，他便回赠易老板一幅字，早已备好，上面写着：胜者为王。还说："我平时不写这样的话，破了例的。"易老板一笑，也不裱，叫养鸡场陈师傅用双面胶直接贴墙上。

双面胶未干，字纸未脱落时，隆介就拎着一只火红毛色的鸡，找易老板斗。一看鸡龄，应是原种在俥城繁育出的孙辈儿，一量体重，果然轻了许多。易老板说赌个千把块，随便玩一玩。隆介央求说："头一架，赌一万块开开荤吧。"易老板说："那就二吃一，你赢了拿一万，输了给五千。你去里面挑一只。"进到鸡舍，他问哪只最狠。陈师傅说："对你来说，都狠。"我告诉他，眼下最厉害的是那只长着僧帽鸡冠的西贡鸡"济公"。

"就叫鸡公？"

"济公，癫和尚济公。"

"就打它。"他还一撮响榧子。

养鸡场里有篾席围成的临时斗鸡场，随时试鸡。易老板的

9

脸色，是想要给隆介上好入门第一课。哪一行都自有门槛，都要知道天高地厚。

当时过了正午饭点，易老板叫我下去买几份盒饭，且跟我说："这有什么看头？快点去！"我下到山脚叫盒饭，打好包拎上去，只半个钟头，回到养鸡场，见他俩照顾着自己的鸡，以为还没开打。

"打完了的。"隆介露齿一笑，仿佛是他赢了。

易老板则有点恍惚，说他妈的隆介，你教它打迷踪拳？陈师傅给我讲起刚才打的那一架，忽然像个领导，不断地停顿，不断地找恰当的词语。显然，以往用来描述鸡打架的词汇和句子，难以描述刚才猝然发生的情形。总之，隆介带来的火红毛，没几下就把"济公"打得溜圈。易老板不得不认输，把"济公"救上来，若等"济公"被打得出声叫唤，就成了败筒子鸡，以后再上场先就脚软。易老板不愿意一场遭遇战就把身价不菲的"济公"废掉，认输是唯一的选择。养鸡场有POS机，现场刷一万块钱。

那一年我的底薪不到三千，奖金全靠准确地押鸡。这一架，幸好没来得及押一把。

"隆介，没想到养鸡你也行。"易老板一边狠命地摁密码，一边问，"你是怎么训的？"

"我和它建立感情，它爱我，因此愿意为我拼命。"

易老板哪里肯信。"少扯白，哪里学来的奇技淫巧，用了什么祖传秘方？讲出来亏不了你。"

"现在我才发现我非常爱它，胜过爱我老婆。"

"哟嗬！哪个老婆？"

"所有的，打了捆都不能跟它比。"这一刹那隆介确乎满目深情，凝望着火红毛，又说，"也该有个名字了，就叫你红红吧。红红！"火红毛咕咕有声。隆介嘴对嘴吹了一口跌打药酒给它，好似一吻。

那天斗了鸡以后，易老板脸色比济公更为垂丧，眼睛睨着墙皮一会儿，冲过去劈手便把墙上飘零着的"胜者为王"一把扯下，揉成团踢开老远，并说："狗日的，你还以为他在夸你，其实他在叫板。"

隆介显然比当年多懂一些人事，晓得找一辆车来接机。"……我也没想到他今天开柳微，昨天还是什么的，反正比奇瑞好。"隆介坐在副驾驶座，易老板和我坐后排。司机说："昨天是一辆进口起亚。"

"听到了嘛，你们昨天来就好了。"

"我还以为是大奔哩，反正也差球不多，你晓得接我我已经很感动。"

隆介说来成都要吃火锅，是特色。易老板说："我怎么只听说火锅是重庆的特色？"隆介知趣地一笑，改请我们去了红杏酒店。饭后去锦里采耳朵，隆介竟然还有相熟的技师，就站在路边，隆介指着她说是这里最好的。"没得错，我就是这里最好的撒。"技师过来，大大方方地拽着易老板往竹椅上躺。易老板说，只在成都采耳朵时还摇细铃铛，这个蛮有特色，摇得他一股寒气由心腔贯通脚板，却又那么地欲罢不能。

11

饭也吃过,耳朵也掏过,隆介要去开宾馆房。易老板说就想去住他的狗窝。隆介怒道:"易老板,这点卵钱我有。"

"这个我不怀疑,但我真是想住你狗窝。我老远跑过来,稀罕住一家高档宾馆?"

我估计易老板是说心里话,平时说到隆介,他就会提起隆介住宅里那特有的万年不变的脏乱差,仿佛也是他的一份天赋,装修精致摆设整饬的房间,被他折腾几天全都变成狗窝。易老板说那能找到当年上山下乡的感觉,在那种脏乱差的环境里,稍微搞点酒,撸几串,人就有想讲话的冲动。而现在,一个人想有讲话的冲动,简直比狗搂着猫发情还难。

隆介在大黄碾租一套房,离农大不远。那算是他工作室,与他"金屋藏娇"的家永远分开,他的老婆从来不给人看。他这样解释:"反正换来换去,也不晓得给你们看哪个。"

防盗门锁舌跳了几下才打开,扑面而来仍是那股酸馊气。易老板就笑,问:"你屋子里的气味怎么能发酵得这么稳定?"盒饭不扔,衣服不洗,啤酒瓶和白酒瓶在地上乱滚,书架上乱七八糟,插在电视上的仍是一台 DVD 机,毛片……这个就不说了,各有各的爱好,难得的是一成不变。他永远要淘碟,去网上下种子下片子却嫌麻烦。

隆介说:"要不要看一盘老碟?"

"不敢。你都还在用 VCD,放碟总是吱吱嘎嘎响,像是用泡沫擦玻璃,我的老心脏有点受不了。"易老板又说,"隆介,时代真的变了,你有必要下片子,换一台投影。要不然,你有的碟子还是上下两张,看到一半要换片,你就不难受?"

"不瞒你说，现在我只在换片的间隙，才翘得起哟。"

"翘起来找酒喝！"

我买了酒菜烧烤回来，他俩扔开椅子直接坐地上，在茶几上翻三皮。隆介手气不错，仿佛是易老板的克星。酒一喝就聊到当年的事，我知道易老板一直耿耿于怀。"……当年那只火红毛，到底怎么回事？过去这么多年，你也跟我交个底。"

"都卖给你咯，一手交钱一手交货，那以后我在俥城再不玩斗鸡。我是爱喝烂酒，干事还靠谱，说话基本算数，所以还能活到今天见你。"

"我知道其实不是那只，你换了一只，对吧？"

"当面交的货，你是认账了的。"

"这个我认，当时一眼看去是没差别，但是这鸡后面不能打了。"

"我说过，它爱我，愿意为我拼命。在你手里不能打了，我有什么办法？易老板你再有钱，但你不是我嘛。"

易老板嘬着啤酒沫，看着天花板说："幸好只是一只鸡，不是和你抢女人。"

次日易老板提出要看隆介的饲养场子，如果场子都没有，孔雀的生意就没法放给他做。"……要是你都不喂活物了，叫我怎么相信你？"易老板几番盘问，隆介说场子哪能没有？"我答应过你，在俥城绝不再养斗鸡，但这里是成都。难道不是么？"易老板点点头："我猜就是这样。"

隆介又叫那司机开着柳微，去到都江堰的一个名为"民安"的小镇，开进西头一处僻静院落，说这就是他的"基地"。院子大门上挂了牌匾：隆祖古典园林工程指挥部。是他的手笔，里面有他的办公室，桌上有他和女儿的照片，可确证这院落是他的地盘。他的主业，毕竟还是干包工头，别的项目争不了，但营造古典园林，弄几个雕塑，仿几幅古人的字画，都是他能独自包圆的，同样的活总比别人多出彩几分，所以就算他经常喝烂酒，时而误正事，也没人能将他踢出这一行。

院子眼下安静，平时只一个中年人守着。中年人姓徐，在给他喂狗喂鸡，池子里还喂几只王八。隆介是喜欢把王八血滴到酒里面一起喝的。鸡当然以斗鸡为主，有七八只能打架的。本地土鸡养得更多，隆介喜欢用鸡肉配王八血酒。

"……你果然还在养。"

"没事也去找人斗一斗，这爱好，沾上了哪容易戒掉。"

易老板不再说话，把斗鸡一只一只捉出来，拿在手上掂量，再仔细地打量。易老板摆出很专业的模样，依次看头冠、眼水、颈盘、身法、脚架和悬爪，七八只鸡前后看了半小时。

"你当然养得很好。"他总结，"但你似乎没养过孔雀。"

"认识你之前，我都没养过鸡，但这不是问题，我像是天生通它们脾性。"隆介说，"再说孔雀也是一种鸡，门、纲、目都跟鸡一样。我这个徐师傅养过孔雀，他说跟养鸡差不多，比斗鸡更好伺候。"

"孔雀也是一种鸡？"

"我说你也不信，你可以查。"

于是我用手机百度一下，门、纲、亚纲、目、亚目、科都与鸡完全一致，分属时有了孔雀才将自己划出去。易老板恍然大悟，说怪不得哩，去到老王野味店上吃孔雀肉，我老怀疑他们在用野鸡肉蒙人。

考察结束，易老板不再住隆介的狗窝，也不要隆介接待，说还有别的事办。然后把我这个跟班也甩掉了。这一年里头易老板来成都好多次，都是独自前来，作为一个小弟，不该问的事不问。易老板离开时，跟我说："我看了他手里的鸡，没有那只火红毛留下的种。没道理的，他养这么好一只鸡，怎么能让它断子绝孙呢？败家嘛。"

易老板的疑惑这么多年也没消除，他坚持认为当年隆介交到自己手中的火红毛，是个替身。我反复说，就是那只火红毛嘛。看上去一模一样，但火红毛到易老板手里不能打，也是事实。于是我又另找解释："隆介会不会全靠药功把鸡搞雄？卖鸡不卖药，玩鸡的人不都这么干么。"易老板当时虽点了点头，脸上疑云却一直没消。

易老板两天后再现身，情绪明显不错。他嘱咐我说："这事情就让隆介干，但首付款压低一点，给两成，最好能一年交货。以后你就盯着他，多来这里，盯紧了，看孔雀养得有点苗头，再给他追加款子不迟。隆介是有异能，但也是只飞天蜈蚣，说不见就不见了。"

所以我晚一天离开，取出三万现金码到隆介眼前。隆介跟我来个拥抱，尔后从中分出两成给我。我说："以前说好的是四成。"他哈哈一笑："老弟，这次也不同于以前的无本买卖，我可是要下血本的哟。"

当年和他天天搞酒，趁着微醺，他鼓励我也搞搞艺术。当时我已经奔三十而去，搞艺术显然有点来不及，比如写字和画画，都是要童子功。"你认字啊，可以写散文，写诗。"他这么劝我。我跟他赶过几场诗会，都在晚上，聚在某个有钱人的家里，男男女女，念自己的诗。我觉得那些诗仿佛不难写，于是就说试试，写了半月，凑了二十首拿给隆介"斧正"。

"你是俚城写口语诗最好的一个，没有之一。"他看的第二天，电话打来跟我说，"这不是时间长短的问题，是有和没有。你天生该写诗。"

我有点眩晕，不得不说，心底里又暗自称爽。年轻时候，谁又不把自己看成未被发掘的天才？再说，诗这东西，至少在我们俚城，没有谁能说清楚好坏。

一周以后他打来电话，问我愿不愿意发表，说肯定会有响动，就看响声有多大。又说县文联的《沱水》杂志主编也看了，也说好，二十首可以以专辑形式推出。"还可以在封二发你一张照片，你要专门找人照一张人模狗样的。"我吓一跳，我觉得发表是遥不可及的事情，只属于那些一把年纪笔耕不辍的老人家，没想我也可以，而且还刊登照片。我问："有什么要求？"

二十首诗一块发表，占版面太多，整整五张纸，而且还在封二刊登照片，彩色的，这些都要成本。他说版面费要四千，我觉得合情合理，并不贵，但我当时一个月赚不够两千。这种事，又不好借钱去搞，还须量力而为。他说："我认你这小兄弟，就出手帮你改改，质量进一步提高，版面费会酌情降下来。"

当他替我将版面费讲至两千块，我就没有任何理由再推托了。这个价格还算公道，何况隆介还给我配了一篇评论文章，印出来又占去两个页码。所以，当我知道版面费里隆介有四成的回扣，也不气愤，只是有点好笑。本来我不应该说破，但他那一晚心情不错，两人喝了一瓶还要加。于是我就把这事抖出来。

"老弟，我什么人，吃你的回扣？我帮你写评论，是有稿费好不好？"

"你写四千字，稿费是八十块。《沱水》稿酬千字二十。"

话说到这分上，他便一笑："那帮编辑也没意思，把我卖了……这样吧，什么都不说了，我帮你充手机费。"稍后又说，"你倒真是个狠人，我吃你的回扣，你呢还要从这回扣里吃回扣。"

手机费一直没见充进来，再见面时，他这样说，"以后有钱一块儿赚，我给你和你给我，回扣都是四成，怎么样？"

这一次，他给我提成以后，才把外面的徐师傅叫来。"……老徐，不是开玩笑，真的要养孔雀了，你去弄点种苗。"徐师傅问蓝的绿的。隆介凭着记忆说："就蓝的吧，蓝的好看。"徐师傅说一般买种苗是一公搭四母，成套地供应。

"哪有精力搞长久，就买几只会开屏的，公的。"

"光有公的也不行，它们要冲着母孔雀发情才好开屏。"

"哪有这么麻烦。"隆介一想也是，只有公的没有母的，一帮性压抑养在一块，搞不好到时都变成斗鸡了。"那就买二十

17

只公的，配五只母的。"

"一母搭四公，变成五抢一，是不是有点……性比例失调？"

徐师傅的用词让隆介呛了一口。他又说："就要性比例失调，就要让它们有危机感，才会抢着开屏嘛。呃对，一只公孔雀从种苗养到能开屏，要多长时间？"

"一年样子。"

"时间真是紧巴巴。"

"隆老板，一年到底要养成什么样子？"徐师傅此时是一头雾水，看来隆介什么也没跟他说。这是隆介的脾气，没摸着定金，他就当没有这回事。就在昨天，他哪想到易老板真就把这生意给他做？其实我也没想到。针对徐师傅，隆介自有他一套说法，不方便我听，所以暂且挥手示意他出去。

我说："看来你没得把握哦？"

隆介一脸坏笑又挤出来，"有把握的事情易老板能叫我做？叫我干这事，肯定是死活找不着人了，只好请鬼看病。"

我提醒他，"火红毛的事，易老板一直还惦记着。"

"老弟！"他佘了佘嘴唇说，"天知、地知、你知、我知。"

易老板让我去监督隆介的工作进度，我把这当成好差事。

我想起当初认他做酒师傅，还有写诗的师傅，只是喜欢跟他待在一起。他在小月亮影院里面租住一套房，走进去黑黢黢，灯一开四壁钉满字画，还有搜集而来的各种拓片。书都不上书架，打了捆横七竖八往上码，不可思议地延伸到天花板。人家书房画室都有名称，有斋号，圈中大佬题写裱起，或刻成匾。隆介自题"水帘洞"三字，用双面胶贴墙皮上。他租的是筒子楼的一间，前面客厅又是书房，中间是卧室，后面一厨一卫，整套房笔直狭长，采光从来不足，好似一眼山洞。

"的确是洞，但为毛要叫水帘洞？仙人洞不行？"

"日他妈哟，楼上经常渗水下来。"

"找楼上的把缝都糊上。"

"那女的长得一脸漂亮，"隆介说，"我喜欢碰面时她一次一次跟我道歉。"

搭帮隆介的引介，往下再在副刊发表几组诗（都是免版费），我混上市作协的会员，得以参加几次笔会，得以认识地方上的书画家，之后便去其中一些人家里搞酒。隆介直言，是有混饭吃的意思，"吃自己的流泪，吃别人的流汗。"其实现在谁也不少一餐饭，真的去了，也没见隆介吃到流汗，只是他头脑中难以磨灭"吃别人的流汗"的美妙记忆。作为跟班，我很少喝到十块钱以上的酒。我敢说，他的不挑剔，让主人有一种说不出的轻松，感觉我俩就是他们酒橱的清洁工。

隆介另有个同学当了作家，姓黄。黄作家也爱吃百家饭，天一擦黑到处蹭，隆介便经常叫上他。两人保留一套节目，就是黄作家讲隆介的故事，一路逗哏，而隆介在一旁保持傻笑，算是捧哏。这套节目很管用，请饭的人下次还请他俩，同时又叫来自己别的朋友，头杯酒一碰，主人便要黄作家摆一摆隆介的故事。黄作家的噱头，无非是隆介自小家穷。拿穷人开涮，在酒席上有古怪的吸引力，因大家都穷过，最穷的那一个，活该成为话靶子。我不想复述那些穷故事，反倒是钦佩，在黄作家一次一次的讲述中，隆介脸上怡然自得的神情。他跟别人一样地笑，仿佛还为此小有得意。

隆介父亲死得早，很小由半瞎的母亲拉扯，家在全俰城最穷的高寨，所有的致贫因素一股脑堆在他家，穷成啥样可想而知。若他是个理性之人，从小发奋图强，小心装人，搞不好能演绎出自己的励志传奇。偏巧他为人既爱耍小聪明，又严重缺心眼，旁观者都洞若观火地看他真人秀，所以他一言一行一举一动很容易被编排成笑话。

黄作家说，隆介第一次翻身做人，是读初二的时候，换了一个班主任，是他亲戚，提他当常务副班长（隆介总是在此插言说，就一个副班长哟）。隆介怂了十几年，忽然一夜当了官，全班同学里面一人之下五十二人之上，那可怎么得了？给他封官的次日早晨，全班同学没一个迟到，齐斩斩地坐在座位上，看隆介新官上任，要放几把火。果然，隆介当天进来，衣帽都穿戴整齐，胸口上也罕见地没有汗渍、油渍以及口水渍。同学们叫他班长，他一口碎牙死咬，一声不吭。等到中午，他用霉豆腐蘸了三个大馒头，比平日多出整一个，悉数吃完，脸上就有饱醉之态，再找同学下军棋，一开口忽然喷出普通话来。

在此之前，从没有人听他讲普通话，在那所破学校，老师都是讲乡话，不会讲普通话。隆介本来是讲乡话还夹苗腔，从不在人前喷过一句普通话，此时，满口普通话忽然这么飙开，大家听着，颇有几分《新闻联播》的韵味。大家看他，像变了一个人，或者变得不像人。慢慢地，有人鼓掌，有人模仿，有同学问同学这人是谁。隆介也是一不做二不休,军棋全让别人下,他来当裁判作点评,整个午休时间,集中营般的宿舍里充斥他一个人的叽叽呱呱。

"和他同班快两年,以前听到他讲话,加起来也没有那个中午多。"黄作家说,"那是我初中三年最难忘的一起灵异事件。"

隆介补充:"我前面十几年都没说过这么多话。"

黄作家记性不是一般好,还能复述隆介当天的讲话片段,显然精心练过,一张团脸尽量挤成猴脸,喷出的普通话有几多标准,便有几多怪异。这模仿一次次掀起酒桌上的高潮,大家轮番敬隆介大杯。隆介来者不拒,面带英勇就义般的微笑。有一次灌得太猛,隆介把酒呛进鼻腔,忽然痛哭流涕。黄作家见状过去安抚,隆介就势箍紧他腰,把脸鼻口眼往黄作家衣服上蹭。黄作家反应可不慢,见状万分痛惜地搂紧隆介脑袋,拼命捂他。隆介几乎窒息,赶紧松开。

那天我送隆介回家,问他,讲普通话的故事是不是真的。这故事我听了好几年,忽然想求证一下真伪。隆介嗯一声,并告诉我,"班主任不是我亲戚,我们是都姓隆,本家,读初中以前根本没见过。"

"也难怪,你们姓隆的人少,别人看来都是亲戚。"

"我没见过我爸爸,我把他当爸爸。"他说,"叫隆宗和,是书法家,你百度一下找得到哦。"

我没去搜,一搜我都能搜到我自己,还有头衔,市作协理事。这让我对网络搜索浑无信赖。他讲起隆宗和对他的器重,是因为教他写字。他之前写字并不好，家里一穷，哪有心思练字？隆宗和爱练字，写了半辈子进不了县书协，换到他们班当班主任以后，批改一两次作业，直觉发现隆介写的字有苗头，便借他几本帖子，给他买来笔墨，反复叮嘱：隆介啊隆介，你一定要多写。稍加点拨，只一个学期，隆介写的字便可以送到市里参展。当然，隆介也是投桃报李，后面隆宗和加入书协，最终成为市书协理事，都得益于隆介的推荐。"……不管他字写得怎样，我的老师竟然不是书协理事，那就是书协工作的重大失误。"

聊起隆宗和，隆介的话便多起来，换一副沉重的表情，平时看不到。毕竟，那是一个被他长期以来默认为父亲的人。有的人很容易把另一个非血缘的人当成父亲，隆介只认这一个。在他讲来，他确乎有着写字的天赋，但隐藏着，需要另一个人来开启。遇见隆宗和，他成为书法家，继而成为画家成为作家，要是没有这样的"遇见"，他无法想象现在自己是什么样子。他说到这里，我心里嘀咕，一个重度酒精依赖者，换一种活法，未必还能更坏？

他与隆宗和亦师亦友、如父如子的交情，显然是他嘴里罕有的温情表述，包括隆宗和弥留之际，他衣衫不解全天候照顾，比亲儿子做得更到位，临终最后一刻，是要他将耳朵凑近，留几句最后遗言。听他讲起这些，看他一张猴脸掀起的动容之色，我不免是感触颇多。因随年份的递变，短短几年，人与人之间的情谊都在变淡，许多亲情友情故事，现在一讲，恍如隔世。

后面和黄作家单独碰的时候，又讲到隆宗和隆介的事，黄作家毕竟了解更多。"扯卵淡！"他说，"他俩关系是好，隆宗和去世之前隆介确实照顾一阵，但隆宗和后面跟儿子去了海南，也死在那边，没有隆介什么事。"

我再去民安镇，隆介不在，孔雀围栏已弄好，不大，让我想起以前的鸡笼。买来全是蓝孔雀，又叫印度孔雀……怪不得，我头脑中，印度阿三头上都插一支孔雀翎。此时，孔雀苗一只一只通体发灰，看不出蓝的颜色。一共二十五只，都在围栏里面，低头啄颗粒饲料。这很难得，来之前我以为隆介为压低成本，每天背着背篓上山割草。现在孔雀苗还填不满围栏，他们还往里面放养一些本地鸡，一眼看去，除了体型有异，彼此和睦相处，倒还真像一伙的。

孔雀还不会叫，鸡则咕咕有声，我余光看见，此时鸡的势力更大，占据着食槽，孔雀苗只能在边缘徘徊，瞅冷子冲过去啄几嘴。孔雀是百鸟之王，鸡暂时还不晓事，再说它们是本地品种，也算地头蛇。我想象着，数月之后围栏内形势的逆转，但也可能，到时候隆介已将鸡悉数吃光。

"好吃莫过饺子，我就想不通，面粉包肉水里煮，有什么好吃。"隆介以前跟我说，"天下最好吃，鸡肉蘸酱油。"

他也确乎这么干，吃得并不讲究，鸡拔光毛整个扔沸水里煮透，把鸡皮煮成见哪粘哪的肉糊，把鸡肉煮成一束束线条，再捞起来撕着蘸酱油。那一副吃相，让我怀疑他对酱油有更深的感情。有一次我去小月亮电影院找他，他不在书房，不在卧室，我一直钻进厨房，见他正举着酱油瓶子吹，就像吹啤酒。

见我进来，他呛一口，酱油便从嘴角挂出，沾在下巴上，显然还是老抽。

"怎么了？"

"嘴里味淡，喝几口就还魂了。"

我在那里睡了两日或者三日，徐师傅等人每天用"土茅台"招待我，从七点喝至半夜。这天大概到了凌晨，听见外面有窸窸窣窣的声音。窗棂被车灯的白光刷亮，旋即又黯淡。徐师傅身形一长，出到外面。我依稀听见女人的声音，突然断掉。之后隆介一个人走进房间，开灯。

"你真的等了我两天。"他说，"我有点感动。喝两杯不？"

"你真的是把孔雀当成鸡在养。"

"现在你看不出形势，我不能首先就让孔雀有优越感。你知道的，任何活物，有优越感都会摆起架子，对以后驯养不利。"

"我仿佛听见有美女的声音。"

"这地方女鬼多，你不要乱想，越想越见鬼，不好收场。"

他凑近了告诉我，徐师傅在这有女人，跟他没关系。我只是一笑。他掏出烤串和好几打啤酒，啤酒都是听装，瓶壁挂着白霜。徐师傅稍后进来，我们三人搞起夜宵，终于进来一个女人，挨徐师傅坐，但怎么看都是隆介的口味菜。吃到下半夜菜不够，徐师傅爆一盘焦香脆爽的鸡丁。

"是孔雀，刚瘟了一只，等不得它死，杀了冻冰箱里哩。"

我想起往日时光，通常是我拎着烤串和冰啤，去到小月亮电影院，门一敲，里面一阵响动，便"添酒回灯重开宴"。通常是我和隆介还有一个女人，女人年纪可大可小，长相也并不挑剔，酒一喝都像嫂子一般亲切。现在毕竟有一段时日不见，彼此又有生意往来，隆介生分了。

"……他妈的，老徐就是厉害，太招女人喜欢，搞得我这里也不清静。"

我不难看出来，饲养孔雀的活计都是徐师傅一人包圆。徐师傅各种活计全都能上手，菜也炒得不错，关键时候还能给老板顶包……为了顶包顶得煞有介事，徐师傅也就不把自己的女人缘掩藏起来。男人嘛，都这样，何况身在这荒郊野外的地方长期生活，不可能只有鸡和孔雀作伴。

但话说回来，通过这几天的观察，徐师傅实是平常之人，种地和饲养牲畜，和我见过的大多数老农并无区别。他勤勤恳恳，我并不怀疑，但他绝不是用来完成特殊任务的。我再次提醒隆介，易老板掏这笔钱，是要弄一只会按指令开屏的孔雀，而不是要晚上剁成丁过了油下酒的肉孔雀。

"……时候还没到，我这样的人，只须用在关键的地方。你尽管放心。"

"师傅哎……"看着隆介吊儿郎当的模样，我不免多劝一句，"我放不放心不抵事，你起码要用用心，不要成天想着那些婆娘。恕我直言，我看你这鸦片鬼的身坯子，成天喝酒，哪还来的性欲你说！"

"他妈的，性欲我真的有……难道还要扒下裤子证明给你看？"

"性欲和有没有那根王八东西是两个概念好不好？"

"难道你要逼着我演毛片?"

"你吃半碗伟哥也许还能演一场,我发誓我真不想看。"我一掌拊在他肩头,又说,"别装了,我还不知道你么?从来没有女人喜欢你,你才到这一把年纪,还总想着在人前装得很有女人缘的样子。"

隆介本想拉起脸,摆出愤怒的模样,忽然呵呵哈哈地笑起来,一时停不下,最后又打起嗝。他体内贮存着各种连带的声音,随时弄出来,比如说话连带鼻音,发笑连带打嗝,咳嗽连带呛水,放屁连带吹哨。笑完以后他显得老实一点。显然我的话起了作用,遂再敲他一锤,"不要忘了,女人身上你找不到开心,反而会惹麻烦。文联那一堆事,不要忘记。"

"……我是故意的。"

"事情弄砸锅了,偏要说自己与众不同,你们这号人怎么全这样?"

"就晓得教训我……我才是你的师傅。"他回过神,冲我吼,"你要搞搞清楚!"

我跟他学喝酒学写诗那几年,他所在的纱厂避不开社会发展的大形势,随时准备倒闭。他虽是个艺术家,也没抛弃趋利避害的本能,要混进一个稳妥的单位,想来想去,文联真是最好,这个单位专管养闲人。隆介知道,有个顶有名的作家叫余华,年轻时候就是为了调进文联当闲人,才写了《活着》,后面不光活着,还真是活得顶好。

文联虽是个不声不响的单位,待他想往里调,才发现也是虎视眈眈。而且，一个地方当自己是艺术家的人总是很多，当自己是艺术家且想当闲人的则更多。起初几年，他的书法没进过省级展览，想往文联靠，提着猪头也找不着庙门。后来真就下岗，写字发了狠，参加几次展览，算是和文联挂上钩。那时他带我去见人，我也得以认识文联的人，他们都当我是他小跟班，给我进了作协。偶尔街头碰面，文联的人叫不出我名字，只说"你师傅躲到哪里去了"。那一阵，喝酒的时候，隆介老是讲自己又跟文联哪个领导一起吃饭，那领导仿佛对自己印象不错。我们几个酒友最烦他把文联领导讲成好大一个领导，一旦他扯领导，我们把话带别的地方，晾他一阵。又过不久，我俩单独喝的时候，他又骂领导水平不行，写字比不上他左脚，不知怎么混进文联。我提醒他，现在是你要跟人家混，看不起人的眼神要收紧。水平不行的人，往往神经过敏，体察入微，你眉毛一纵人家都明察秋毫。

经过他夹起尾巴勤恳经营，文联领导对他有了器重，那年节前，还组团到小月亮电影院对他进行家访。他把瞎眼老母提前带到那里，也把自己最好的作品裱满墙壁甚至天花板。房间之拥挤，条件之恶劣，还有为艺术献身的勇气，一时都展露无遗。一个文联领导触景生情地说："我们年轻的时候，都是这么熬过来的，好歹都跨进了艺术的门槛。但有些人，就是熬不过来，一身的本事，都被生活活生生地拖垮了呀。帮助一个艺术家全身心地投入艺术创作，这个这个，也是我们文联的基本工作嘛！"

当晚，隆介将这段话模仿了不下十遍，固然也是出于感动，主要仍是喝蒙，记忆不断清零。但领导的话，他每一次都背得一字不漏。

正如预期的那样，隆介朝着自己目标逐渐靠近，调入文联并没那么容易，但文联宿舍楼里有一套空房，可以当出租屋。文联领导让隆介住进去，租金还打折。

那一阵搬进文联，我经常赶去帮他打扫屋子，提醒他要留给领导一个好印象。领导往往都是体面人，讲究仪容，隆介邋里邋遢的性格，住进来不要适得其反。我还劝他最好是把老婆女儿接来住。

隆介住进文联宽敞明亮的房间，但老婆一直没搬过来。有必要说他老婆，虽然据他自述换了几任，但从来都是外地人，不跟他住一起。有时候，我甚至怀疑他没有老婆，从来没有，一个也没有。虽然他钱夹子里有女儿的照片，那又能说明什么呢？见我质疑，他信誓旦旦地说有，还讲起自己的爱情故事。他说第一个老婆是重庆秀山人，非常漂亮，她爹是干包工头的，九几年就有两台桑塔纳，身边还养了一帮青皮看家护院。无数男人馋在眼里痒在心里没胆子追，望洋兴叹，望月伤怀，见花谢（隆介原句）。隆介呢泯灭了希望提起了胆子，一个泥腿子怀揣"光脚不怕穿鞋"的激情，说干就干，既是泡妹，又按捺不住打土豪劣绅改天换地的快感。贴近那女人比他想象中容易，因为没几个男的敢去贴她，她其实有那么点寂寞。之后他给女人画像，画成古装的、飞天的、反弹琵琶的，画成民国时期月份牌女郎的模样，越画越粉越画越靓。那女的多少有些见识，知道这比相片来得有档次，自然欢喜，脑袋一热竟不经土豪老爹恩准，跟他私订终身。婚期定下来，到那一天，隆介拉来所有认识的兄弟，造出人多势众的模样，敲敲打打，满街甩鞭炮，想以迅雷不及掩耳之势把人弄到手。没承想，婚礼当天变天了，女人藏起来根本见不着，后面领离婚证都是律师出面。

"从那以后，只要哪个女的看得上我，都结。她想离我也马上签字，绝不留她多吃一餐饭。"

故事到他嘴里，怎么讲都带有传奇，我也不是很信。

"……这个很有必要哦。"此时，我提醒他，"背后人家怎么说你，你也应该知道。有的说你是疯子，但你真是生就一双好手；有的说你是天才，又说你的书画眼下还达不到天才档次。这情况并不很好，让人觉得你就算是想为艺术献身，把自己搞得人不人鬼不鬼，艺术也未必对你青眼相加，往后似乎看不出多大的发展空间……"

"哪个狗日的这么讲，我打他。"

"你自己风吹就摇，不要放狠话嘛。"我突然像是变成他的师傅，继续指教，"所以你很有必要把老婆女儿接来，让自己显得正常一些，领导一看，印象分又会加起来。"

其实我是怕他哪天喝糊涂，一个电话又把外面的女人叫来，让文联的人撞见，前面所有的努力都打水漂。我跟他接触多，知道他有这个习惯，且不知道轻重缓急。有时候，喝到快丧失知觉，他还用最后一丝力气拨打电话，女人来了他已不省人事。有一次我正好去找他，走到门口看见一个女人砰砰地敲门，骂骂咧咧，邻居都在走廊上等着看戏。我掏了十块钱打车费，四十块钱误工费，才让女人扭头走开。第二天我找他报账，他不认。我让他拧开电话，他才说"手又痒了"。他发誓已将所有女人的电话删除，但在酒后，手指还残留有身体记忆，自动拨出曾经拨过的号。

"要拨多少次才能形成身体记忆，你能记起我的号吗？"我不禁问，"都喝成那样，你把她们叫来又能怎样？"

"我只是想找人讲话。"

"那你打兄弟的电话嘛。"

"夜深人静的时候，找你们过来讲话，老子嘴皮子发干。"

那以后，只要我去文联，都会帮他收拾一下房子，但赶不上他变回邋遢的速度。这倒像是一种天赋，他要把自己家抄一遍，住着才安稳。

"你为什么要抄自己的家呢？"

"你弄整齐了，我总觉得不是自己的家。"

他在文联大院住了有一年，但显然离调入文联越来越遥不可及。他能看明白领导脸上四季的更迭。他本来就没什么形象，此时更不注意形象。有一次文联开文艺工作者联谊会，哪个领导脑门一抽，竟安排他也发个言。前面几个领导纷纷表示要培养人才，选拔人才，轮到他讲，他是一脸酒气摸到发言台的，找准话筒都用了瞄准靶心的力气。"以我经验，艺术这个东西，在我们地方上，没有人能培养你，也没有人能选拔你。相反，别人想骂骂不垮你，想毁毁不了你，你才是人才，你肯定能拱出一头之地。"他觉得此处应有掌声，学着领导搞暂停，却听见一片死寂，忍不住又骂，"这时候都不敢给我鼓掌，你们年轻人还有卵希望哦！"掌声稀稀拉拉响起，还是领导带头搞出来的。

酒一醒,他再去文联混,晓得怕跟人撞面。有天晚上,他把一个身份不明的女人往文联宿舍里带。楼梯上撞着了人,他露齿一笑,说这是我老婆。女人也配合,点点头。次日,文联领导不管他怎么解释,强令他搬出去。虽然文联领导没见过他老婆,但他们乐意将这行为默认为一次招嫖,直接终审判决,不容上诉。"不能让一颗老鼠屎搞坏一锅粥。"搬家时,隆介将情况讲给我听,我并不奇怪,任何一个单位的领导,都打过这样的比喻。

当时他很肯定,真是他老婆,还要掏照片。我懒得看,皮夹子里夹一把照片的人皆不可信,那里面只应夹钱。过不多久,酒一喝,他面相坦诚,承认那个并不是老婆。但他偏说,这是故意的。"里面的人,个个假模假式,我待了一年就是看不惯,就要打他们的脸,就要带女人进去。我现在看明白,武大郎开店,哪里都是这样。"

"不管怎么讲,你确实干了一件丑事。难道不是么?"

他又呵呵哈哈笑起来,一笑遮百丑。

调动无望,那以后隆介安心地当起个体户,承包园林工程。正好那些年楼盘刚开始升级换代,商品房不能挤挤挨挨,要有园林环境才能卖上价。隆介不缺活,慢慢弄起一点规模。他也算是落地生根的物种,做起生意,身上的文人气名士气锐减,还置一套订制西服,把领带像颈圈一样锁脖子上,只穿一水,便扔给手下"能穿出人样的家伙"。隆介还和文联有来往,因文联谋下一块地皮,要建新楼,他向曾经熟悉现又重新熟悉的领导们谏言，文联大院里若没有整个佴城最好的园林，简直是皇帝当得开心，忘了打龙椅。领导不相信隆介为人，但相信他手艺，答应以后把园林包给他做。

那一阵和文联的人吃饭喝酒又多起来，多是单位签单，偶尔轮到隆介，他就拽上一个新认识的兄弟买单。他这样搞，兄弟做不长久，但是兄弟有如老婆，旧的不去新的不来，他并不担心。

聚起来是文联各种人等，写字绘画唱歌跳舞都有。在我面前，他们对隆介的褒贬都畅言无忌，而我回以人畜无害的微笑。说到隆介的字，他们承认确有天分，因他临帖底子并不厚，但一手章草功法着实谨严，又不失天真烂漫。虽然行话说写字不临帖就算耍流氓，但倚着天分有的人就能不按规矩办事，别开生面，自成一家。

那天吃饭，隆介没来，话题便一直锁定隆介。一个一个先说几句好听的，往下再畅言无忌。我听出来，他们并不介意我转述，甚至正有此意。一个年纪较大的作家也评书法，据说地方上的书画家都是请他写书评画论，他一开口，别人立时安静下来，仿佛是由他盖棺定论。

"隆介嘛，是有天赋，但这一点点天赋，不足以使他以天才自居，不足以使他以名士的面目示人。他自我的定位，开始就不当，这导致他整天醉昏昏，讲话天上一句地上一句，简直是表演。"老作家说，"艺品如人品，真实是最起码的品质。隆介嘛，说白了就是个演员。"

席上众人啧啧赞同，还纷纷给老作家敬酒。我赔着笑听他们评论,时间有点久,笑容把脸都堆得发肿。说到书法我不敢多言,但隆介喝酒不是装出来的,是真有瘾,这我比他们更有发言权。想至此,我忽然憋不住,张口问一句:"那么,谁又不是演员呢?"

老作家像是呛了一口,很快平复,悠悠地答:"是啊,谁又不是?"

易老板忙,若我不提醒,他都忘了隆介在帮驯养孔雀。我一提,他说:"呃,是要去看一下,别让他吃完了鸡去吃孔雀。"稍后又问:"能联系上隆介么?"这是所有熟人都遭遇的难题,隆介这货,最爱干的事就是更换手机号码,简直打一个电话换一个号,每一次打来都是陌生号码。他买手机卡肯定是打批发。我打不出电话,易老板忽然一脸迷惘,又问:"你说,我为什么要相信隆介呢?"

我稍微想了一想,虽然我早有答案。

"易老板认识的人里头,只有隆介显得不太一样,他身上有让人意想不到的东西……易老板烦闷的时候,会想起他,怎么随时笑得那么开心。你有点看不起他,但你不比他更开心。"

"你说我是感情用事?"

"易老板也就对他感情用事。铁布衫金钟罩都有气门,再理性的人,总要有感情用事的时候。"

易老板脸上擎起"好像是那么回事"的表情。

去成都只有慢车,坐整一天,下车后徐师傅会开一辆破柳微来接站。我其实享受坐慢车,纵使见站即停见车即让有如便秘，但怀有一种逃离的心情，便能将冗长的旅途通通予以忍受。我猜测易老板的心思，实为我自己的心思，他的默认，说明我们总归是有相通之处。

……得有那么一个朋友，看似神不愣登，人堆里不声不响，甚至还有那么点猥琐，偏就身怀某种异能；他若夹起尾巴做人也能稳赚钞票，偏就喜欢将日渐美好的生活折腾得七零八落，仿佛与周遭人事，与生活本身有着千丝万缕的隔膜。但不管日子折腾成何等模样，仍禁不住他脸上的欢悦，内心的狂喜，仿佛打入十八层地狱都是一种全新体验，值得期盼。他强健有力的心脏泵出的却是王八血，品味他这个人，鸡汤和毒药混合的气味扑面而来。你困苦时从那找安慰，你得意时从那找平静。

但这样的人若就在身旁，劲太大，闹得你不得安宁；应与他隔一段安全距离，需要时把他翻找出来，当是最好。

到地方，隆介竟然在等我，拉我去围栏参观，叫我点数。"一只都不少哦。"他指指戳戳。孔雀已和本地鸡分开，现在要抢食，本地鸡只能一边靠，孔雀可是百鸟之王，并非浪得虚名。他又说："你看，孔雀已经变蓝。"我分明看出是有些早春的绿意，在这盛夏时节被光一照，绿得发虚。尾羽开始长出，这样是公是母也一目了然。他还不忘感叹："除了人，大多是公的比母的好看。"我则不失时机回应说："那是因为你也是公的，而且丑。"又问："你开始训练了么？"

"什么……呃，要等它尾巴再长长一点。"

"要从娃娃抓起。"

"磨刀不误砍柴工，切不可揠苗助长，不能急功近利让方仲永同学躺枪。"

　　隆介依然好客，只要能喝酒，举座皆挚友。王八池里已经空了，不能用王八血点进酒里，但每天都给我煲鸡。我爱喝汤，他只撕鸡肉蘸酱油，现在买得着固体酱油，他蘸得更带劲。吃了两三只鸡，我才发现，上次看到的本地鸡已经被他吃光，现在养着的这批，毛色乍看像是本地种，拔了毛都是乌鸡。他依然吃了睡睡了吃，有限的时光在案子上铺开纸帮我写字画画，要画什么画什么，我说要画奥特曼，他也百度一下图片给我画出来。这些年我也藏了他不少字画，少说有两三个皮箱，所以我并不在乎再多拿几张，当然，我也绝不盼着他早点死。我感觉虽然他也闹腾了这么些年，到地方上混得天才或酒鬼的名声，但只要一死，马上无声无息。

　　在隆介身边，日子很好打发，不觉过了一周时间，我要赶回去干活。易老板待我不错，我磨洋工要自己掌握分寸。临走，作为一个监工，我不得不提醒隆介："养孔雀的事，你自己也要上手弄。徐师傅是挺好，但他驯不了孔雀开屏。他自己一辈子都没开过一次屏，不是么？"

　　"你要知道，龙船要由别人来打，我只负责画龙点睛。"

　　"你要知道，道理在你嘴里，钱在易老板手里。"

　　由夏到秋，我还去找了隆介几趟，去之前打隆介电话，他竟然一直没换号，有一次直接接通。在我眼底，那个叫民安的小镇已变得熟悉，我赶去那里像是踏上回故乡之路。小镇还藏着隆介，更多一份亲切。他不见得随时都在，叫了徐师傅接待，或者晚我一天赶来。但只要赶来，他就成为小镇的主人。他已有不少熟人，吃饭时拎一瓶酒，带我钻入一处僻静院落，把屋主当成徐师傅一样吩咐：弄几个菜，一块喝酒。屋主都听他吩咐，马上动手，厨房（他们叫灶房）马上有了锅瓢撞击的声响。菜都端上桌，摆起龙门阵，他就成为席上的主人，而屋主在他身畔一惊一乍。他一口四川话已然地道，至少在我听来是原装货。一瓶酒扛不住，很快见底，他指使屋主人家再去买两瓶。"要玻璃瓶的哦，剑南春可以封顶，下不保底。别给老子打壶子酒，这可是我兄弟我跟你说！"半天时间，又这么打发。

孔雀一直在长，不慢也不快，徐师傅开始给公孔雀捆扎尾羽，防止它们打起架来羽毛纷飞。掉毛的事仍不可避免，隆介吩咐所有的长羽毛都要捡拾起来，收好，以后用得着。这显然又是斗鸡的经验，斗鸡打架经常会折断羽毛，但一截断茬还在，下次再上场，可将羽毛用大力胶粘在断茬上。我当时在场，有必要提醒：十来万一只的货，你总不能修修补补吧？隆介怪眼一翻，说只是有备无患。我眼皮有点抽，越来越感觉驯孔雀开屏之事，隆介其实和我一样，往好了说也是摸石头过河。

给易老板汇报，我说还行，一切都像那么回事。

"什么叫像那么回事？"

"现在他在和孔雀培养感情，晚上把孔雀关进自己房间一起睡。"

易老板点点头，他相信隆介能与各种动物产生感情。

十月黄金周，我又去民安小镇，碰见黄作家。黄作家年过四十，灰白头发染成金黄，但仿佛把脸也染黄几分，身边还带有一个年纪莫辨的女人，说是刚跟他扯结婚证的妻子。按说两人应去度蜜月,黄作家一番说道,说出黄金周去景区的种种险恶,终于把女人诳到这僻远的乡镇,享受岁月静好。在这不管待多久,都算他俩蜜月的一部分,黄作家这一招又省下两月的工资。见是我来,黄作家也显得格外亲热,他乡遇故知,喝酒说话多了一个听众。当天,隆介稍后赶到,一手拎起一个大王八,拎得满头是汗。他说是在施工地刚弄到,纯种野王八。工人们在一处老屋基下面挖到一凼泥水,抽干水,这两个脸盆大的王八就优哉游哉浮现眼前。工人竟向隆介汇报,问他怎么处理。隆介哪敢耽搁,赶了过去,用网兜把王八拎起就走,让工人们来不及就王八的属权展开一番深入的讨论。

我一看,今天王八血酒一定要把人喝翻为止。

两只野王八断了头以后,血又稠又多,被他倍加小心地灌入十斤装的酒壶,酒色慢慢殷红,根本就是一壶鲜血。黄作家的新婚妻子见着这酒,不肯上桌。"隆介你真是越来越嗜血。"黄作家说,"今天这酒我是喝不了。你们看见的,要是我跟你们喝血,轻者今晚上不了床,重者把她搞成抑郁症,我下半辈子幸福没保障。"我抿一口,血腥味直冲脑门,甚至还有股泥腥。隆介说有泥腥才是野王八的味。开席以后,他按平时的量,杯子照样举得频繁,一仰脖子一口血。而我换了最小的盅,每次斟一半。这架势拉开,简直是以逸待劳,不消个把小时,隆介坐着坐着,喝着喝着,脑袋突然就偏了,嘴角沁出血色。黄作家伸手探探他的鼻息,冲我们说:"我很担心这么发展下去,隆介会半夜爬起来吃人。"

隆介喝时,徐师傅也喝,隆介喝趴,徐师傅把他像褡裢一样扛去里屋,便不出来。"……兄弟,漱漱口,换点别的喝。"黄作家也有几分酒瘾,这是能与隆介长期保持联系的必要条件。他使个眼色,新婚妻子就往外走,稍后拎来两瓶产自茅台镇却从未听说过的酱香,一喝满口赖茅味,但比王八血酒好很多。小镇金黄的午后时光,不来点酒还真难看到日落。

"你们怎么想到让他养孔雀,还要管开屏?这样的好事,把给我都更靠谱。"黄作家有了好奇,因他认得易老板,说"易老板的钱可不好赚"。我没法跟他解释易老板对隆介怀有的隐秘的心理依赖,只讲当年斗鸡的事。隆介毕竟有他的狠,且是在易老板最擅长的领域让他阴沟里翻船,翻出了心理阴影,不服都不行。

黄作家听得稀奇,又说:"这么好的鸡,不可能是他自己养,是请人弄出来的。背后一定有高人。"

火红毛的出处,易老板早已与我探讨好几回,认为从别人手里头弄来的可能性不大。养斗鸡是很专业的事,附近州县的好手,易老板心里面都有准谱,斗鸡一动弹,基本能看出是谁的饲养风格。好鸡价格不菲,"济公"当年有人出一万五,易老板还不出手,能斗赢"济公"的鸡,若不是隆介养出来,让他掏钱请人,绝无可能。诸多迹象,都说明隆介身怀异能,或者家里有祖传秘方。

"……是哪年的事?"

"隆介九九年问易老板要的鸡苗,心大,刚孵出的一筐全被他拿走,等他养起来,能打架就到〇一年了。"我记得清楚,那两年鸡场缺人手,我随时抽调过去,斗鸡的门路也弄通不少。

"隆介不会安心养鸡，这家伙，我毕竟比你认识得久。"黄作家此时想起什么，又说，"九九年，是的，那年秋天隆介还找到我家老头子，扔他几只鸡苗，毛都不长，丑得很。他说养大了要是能打架，他有赏，一千两千，上不封顶。老头子合计一下，顶多亏点饲料，就答应帮他养。"

"老爷子会养鸡？"

"城郊老菜农，本地鸡养了一辈子，斗鸡还是搭帮隆介头一回见到。"

"那只火红毛会不会……"

"肯定不是，哪有可能？"黄作家开始邀我喝大杯，又说，"老头子把斗鸡养成了肉鸡，隆介不收，炖了。老头子还叨叨，说斗鸡太费粮，肉柴得很，吃起来硌牙。"

"那还有什么人帮他养鸡？懂行的，这种鸡少说收他上万块工钱；不懂行的，瞎蒙就能养出一只好鸡？"我想起当年学习养斗鸡，光给它皮肤增粗，就要懂熬药汤，会按摩，再别说日常料理、喂药……我总以为，一切扯到钱的事，都有个投入产出比。凭我的经验，放养能养出火红毛这样的斗鸡，其概率略等于猪肚子里长牛黄。

"隆介又不是易老板，认识专业好手，他要找，自然是那帮喝酒的朋友。"黄作家以他爸爸为例，以证此言。父子俩并不对路，黄作家若想请老头子出手干些什么，老头子极有可能唱反调。但隆介只消拎一瓶酒，二十块钱以内，老头子就赔上一桌菜，不说厨艺，放眼望去全是肉。把酒一喝，隆介但凡开口，老头子便拉马坠镫跟着跑，虽九死其犹未悔。"有一次隆介鼓噪老头子搞搞投资，只消一年，柏木棺材指定换成檀木棺材。我家老头子真就取了房产证去抵押，幸好我半路拦截，才头一次看到我家房产证长什么样。"黄作家说起这事，仍是心有余悸。又说，这些年来，明面上大家看着他损隆介损得几多开心，暗里头隆介闹得他家暗流汹涌，鸡犬不宁。

这个我倒知道，隆介最是擅长与酒鬼打交道，他一开口，大多数酒鬼都会拉马坠镫跟他走。"你是说，是一个酒鬼，从来不养鸡，一出手就帮他养出那只火红毛？"

"有可能……不要小看酒鬼，成天迷瞪瞪，其实也是一种独特的状态，在这状态里能搞出不一样的事情。隆介真是相信酒鬼有一般人没有的能耐，什么事都要找酒鬼朋友来搞，所以酒鬼也爱听他的安排。隆介包给酒鬼的活，反正是一般人干不出来的，他就赌酒鬼身上有奇迹发生。"

"听起来我俩都包含在里面。"

"谁说不是呢？"

黄作家的分析说服不了我，火红毛赢下"济公"，绝非偶然，后面还赢了易老板好几只斗鸡，最后栽在易老板重金购来的"神勇大将军"手上。但这些事，不便道与人听，因为易老板都不知底细。

"你要知道，所有的能人其实都是一种人：包工头。"黄作家还预言，"等着看吧，隆介养的这些孔雀，迟早都会发包给一帮酒鬼。"

"那么肯定有几只，会被酒鬼当成下酒菜。"

"都是概率,弄出一只随时开屏的孔雀,只能去撞概率。"

年前,易老板叫我去取一座K金摆件,送去王局长的"后宫"。取到手,造型是"麒麟送子",我便疑惑,难道"后宫"那女人保住了王局长一脉香火?还敢置办酒席?以他这样的身份,岂不是授人以柄?易老板便夸我,说手底下也要有多少看得出问题的崽子,又说可不要担心王局长断香火,人家的血脉枝枝权权,争遗产的时候才会统统冒出来。

"……老王当然不想任何人知道,但是,我们知道也就知道。我这号铁兄弟,知道必然是要送人情。既然有人情,他不开几桌也说不过去。"

荃湾镇那宅院已开张营业,却又关着门。因是会所,专做关门生意,还要预约。私房菜每天N桌,只报人头不点单。据说生意极好,轻易订不到桌,因为订到就是赚到,两百多块一位,上了桌八百八一磅的蓝鳍金枪鱼管饱,全然是"不为赚钱为洗钱"的派头。

虽然只有一帮铁兄弟知道,当天去的人极多,门口贴了告示:乡聚专场,外订顺后。酒席正准备,穿了唐装汉服的服务员往来奔忙,唯宅院女主要务在身,不便出来展示不俗的衣品。

最大一间包间被圆拱门与纱帘隔开,几个老板在里间说笑,王局长坐当中一把红木圈椅,一直在打盹。我和一帮西服笔挺分头锃亮的家伙坐在外间,他们只差不把"马仔"两字敲在脑门。我穿得随意,竟有些不适。易老板为人随和,一开口憋不住话，可说可不说的，脑袋一抽就一吐为快了。我见他捏着茶杯盖凌空虚划着，嘴里讲起隆介的段子。这是他的保留节目，许多小段都历经修改，我熟悉演变的过程，其实我也为这些段子贡献不少金句。这话题，似乎能切入王局长的肠胃，脸色醒来几分。王局长难得现面，别个老板要插言，王局长晃晃指节制止。隆介的糗事一桩桩一件件重现耳底。经易老板一编排，隆介简直就是那只笨笨熊，每天都重复着搬起石头砸自己脚的行为。王局长似乎想笑，却只有面色不经意的变化。

我隔帘听着陈段子笑不出来，只有些紧张，预感到这把大漏勺（他的自我评价）一定会讲到驯养孔雀。待他把隆介塑造得血肉丰满，忽然有个停顿，眼似乎往我这边一睃。终于还是，讲了出来。

"哦，是嘛。"王局长说。

易老板表示，若想养出听人指令随时可以开屏的孔雀，一般人不必指望，隆介却可期待。

"哦，是嘛。"王局长脸上有了确定的笑意。

晚上返程，易老板啰完以后脸由红转青。"又他妈漏嘴了，把话说早，如何收场？跟你交代过，你怎么不进来制止我？"他冲我说，"我把不住嘴，又不是一回两回，把你放在身边有什么卵用？"

"易老板，说时迟那时快，来不及呀。再说，我招呼不打一脚跨进去，人家以为你预谋了一场火并，说不定几把刀就朝我俩砍来。你想想当时场面！"

"说得跟黑帮一样。"

"我身边那几个穿西装的,牙龈上都有刺青,我不敢乱动呀。"

"嗯,下不为例。再说,老王现在变得这么高调,离翻船也就不远了,到时候,哪还有心情看孔雀开屏?"

"隆介那边还要不要去哩?"

"过完年你就过去,这事弄不好,把孔雀翎全都插他屁股上。"

我却想,若隆介知道易老板刚才这番表态,肯定跑来嚷着没钱,要求追加科研费用。孔雀很快就将满周岁,到时候,春暖花开,大地蛰动,孔雀开屏。

以前隆介从不主动,现在晓得打来电话,催我去检查工作。我问是不是训练好了,他说哪这么快,刚学会开屏,有的还只能开到半扇,屁股上的力气攒不够。"要一步一步来,有事我们兄弟先商量。"他说,"最近弄到几瓶老酒,你不来我留不住。"

这里刚开通了支线飞机,去成都只一小时。我这时已变得有些忙碌,捱过清明才得以动身。易老板的手下,以前一起喝酒打牌翻脸骂娘的兄弟,现在都恭敬地叫我一声"二哥"。我有些惶恐,直到一天易老板也半是戏谑地这么叫我一声,方始安心。

"……二哥!"隆介亲自开了一辆皮卡跑到双流机场接机,冲我这么叫一声,脸上满是喜色。我问你都哪听到的?他说你写博客啊,下面有跟帖。我想起来自己开了博客,毕竟我还是作家会员,没想到还附带把"二哥"的名头传扬出去。

到他的院子，围栏里面全是乌鸡，间杂几只另类，是母孔雀，公孔雀都见不到。我明白，黄作家预言是正解。嘴上说："不会都被你炖了蘸酱油吧？"他说怎么可能？孔雀肉炖了不好吃，应该剁丁爆炒。

再去检查工作，有点像走访扶贫点，徐师傅开着皮卡，我们沿着乡村公路一家一家上门。替他驯养孔雀的人，散落在附近几个市县的乡镇。去的时候，皮卡的车厢里还装着那几只母孔雀。母孔雀数量不足，只能共用，一下子全堆在某一只公孔雀身边，看它是不是把持不住，高潮迭起，一下子就掌握开屏的全部技术要点。当然，效果并不显著。隆介说："当初真该多要几只母的，都配好对子，省得像现在这样送货上门，搞得我都像皮条客。"

他承认，早就想好要这么做，把孔雀分养在诸多朋友家里。"但他们都是我们精心挑选的，前面好长时间，我一直在考察人选，你以为我光只喝酒？一般人入不了我的法眼。"我只知道，他选出的能人五花八门，不光是养殖户，还有下岗工人、林场职工、民办教师和退休老干部。要说养殖户，包括放蜂人和专事到溪坑里掏野王八的闲汉，和孔雀养殖似乎也扯不上关系。我笑他哪里拽出来一支杂牌军。

"专业的养殖户反正驯不出来，我只好怪拳怪招出手。蜀中多奇人，不要小看他们非专业，其实更容易找出古怪的路径，没准就能把事情搞出来。再说，先前喝酒的时候，我把他们都煽乎得头脑发热，劲头十足，把这件事当成毕生的事业来搞。这些人，因为我才找到能为之奋斗终身的理想，能不给我卖命么？"

说至此，他还摸出手机，展示一位退休老教师发给他的短信，上面写着：天不生隆介，万古恒如夜。我以为是教语文的，隆介说是教思想品德，先前没这么夸过人。

"都是喝酒认得的吧？一斤的量是录取线？"

"酒是要喝，这些人倒是精挑细选……"

"我还不知道你吗，酒一喝，撵到碗里全是菜了。"

隆介还待辩解，却不打自招地笑起来。隆介确乎有项异能，就是聚酒鬼。酒鬼仿佛是一根藤上的瓜，扯出隆介一个，就能扯出后面的无穷之数。

我记得，刚认识他的时候，他在帮易老板装修新门店，请了一个装地弹门的吕师傅，半月过去仍不见装好。知道有些师傅爱窝工，一是等钱，二是接了几桩活计，转台似的干活，但两扇地弹门能装半月，怎么也说不过去。隆介只说吕师傅就喜欢慢工细活，把你们店当成百年老店，要好生伺候，一百年里门都没坏，他自己也竖起一块招牌。我得来好奇心，倒要看这吕师傅到底怎么拖的时间，时间在他身上，又发生了怎样的滞留。

某天，吕师傅在门上抚弄了几把，说我去交个手机费，又要闪人。我跟在他后头，发现他在街道尽头一拐，很快在一家杂货店门口站定。三块钱一斤的苞谷烧酒，吕师傅打了半斤，就着酒舀子喝起来，下酒菜是五角钱一包的麻辣小河鱼。吕师傅很快喝完，又要店主加二两酒，再买一包榨菜丝，拎着酒舀子坐到不远处的象棋摊旁边。有人在下棋，他仿佛观战，其实靠着墙角睡着。我回到店子，忙完事情，已近晚饭点，再去街角，吕师傅已醒来，在跟人下棋。他下得很臭，满口脏话，还说今天我没喝酒没有状态。一旁的棋友应声给他舀来一块钱的苞谷烧。榨菜丝还剩半包，他从裤兜里找出来，皱皱巴巴，往嘴里一挤，又嘬一大口。

同样是在那个门店，要将吊顶和天花板中间的老线路换一遍。隆介电话一打，很快来个骑自行车的电工师傅，刹车全用鞋底板，到我门口，逼停了一辆奇瑞QQ。我一看，这师傅脸色酡红，嘴巴皮发乌，眼仁像破手电筒，早已不聚光。我跟隆介说："行吗这个？刚喝了来的。"他说是老师傅，姓孙，猴一样灵活。孙师傅不多言，敏捷地爬到顶上，吊顶开始往下落灰。过了半个多小时，石膏吊顶突然坍塌，孙师傅像孙悟空一样从天而降，幸好，快落地时被电线兜住。仔细一查，当天他把火线零线全部接反，犹如织了一张网，兜住他一条老命。孙师傅挣扎着还要往上爬，我们赶紧将他拽住，隆介算是求他说，顶棚架子也踩塌了，没地方落脚呵，搭好脚手架再往上爬吧。

只要和隆介在一起，这样的事情便层出不穷。我忽然又记起火红毛，便问他："当年那只火红毛，你是请哪个酒鬼养出来的？"

"别打听了，那家伙死掉了。"他一口把话堵死。

检查完工作，回到特种养殖场，隆介请我喝酒，不出所料，他要求追加资金投入。"……你亲眼看见的，我这一年时间，没少花心思在上面，前面给的三万，早就用完。"他说，"剩下的七万，你一把帮我要来，我还按老规矩，给你这个。"他摊开右掌，屈起拇指。

"前面三万，你又例外了。"

"启动资金例外，我们交税也有一部分免税的，你也要宽宏大量，孝敬师傅……再说我也不是不给，火红毛最后一次斗架，即使不赚钱，我也不是给了你这个数？"他晃起四个手指，一个代表一千。

那件事，我自然忘不了。

当年，火红毛之厉害，对于易老板简直是块心病。他在当地被称作鸡王，但隆介突然冒出来，火红毛突然冒出来，接连打掉他几只不错的斗鸡，西贡鸡、暹罗鸡、缅甸鸡、印尼鸡，火红毛简直在横扫东南亚。幸好，两人都是私下里斗，不让别的人知道。纵是输了几手，易老板依然把隆介看成一个金娃娃，最好是加以控制，但隆介始终闭紧口舌，不讲自己驯鸡的诀窍。易老板本以为隆介和自己一样，是一把漏勺，藏不住话。没想……他总结说："他装成漏勺，其实就为了隐藏真正不想说的话。这样的人，才是真正口紧。"易老板也曾怀疑隆介找了别人帮他养鸡，拽着我左分析右讨论，始终觉得不可能。他越发相信隆介身上确有异能。后面易老板专门找缅甸的朋友，搞来那只"神勇大将军"，凭他的经验，对付火红毛十拿九稳。易老板邀斗时，口风很紧，说要是火红毛，仍要一比一，赌两万。隆介换其他任何一只鸡，易老板都将盘口定为一比三，隆介赢了拿走三万，输的话只消交付一万。

隆介表示要考虑一下，私下把我叫去喝酒，问有几成把握。

我说易老板的胜算有六成。他哦的一声。此前斗的几架，我都跟他说，你有六成。我这么说，易老板的胜算也打了折扣，对隆介也不算谎报，感觉两边都说得过去。隆介第一次碰见火红毛的胜算小于对方，但又按捺不住想斗这一架。想来想去，一个晚上找我去帮忙，又找了一个发艺师，把火红毛的毛色焗为全黑。"赢了，少不了你的好处。"他找我去，就怕焗了毛的鸡过不了易老板的眼睛，要我一旁敲边鼓，里应外合把那三万搞到手。

"给我多少？"

"老规矩，四成，一万二，一分不少。"他也知道，以前放了空炮，为表诚意先要给我两千。我说好的，到时一块给。

其实，那天晚上我去到他家，凌乱的屋子里，他和发艺师一个捉鸡一个动手帮鸡染毛色，我就感到一种莫名的欢快。我见过鸡场上出老千，比如给自己的鸡悬爪上抹药，给对方鸡的食槽里放麻药，但焗毛应战，是我见过最有想象力的出千，也只有隆介干得出来。发艺师说，焗一只鸡要算焗两个人头。即使这样，收费无非两百多，但若这一架打赢，隆介多赚两万。

给鸡焗毛，发艺师也是平生头一回，不停叫苦。隆介此时又恢复了漏勺的本性，要对方耐下心性，把活尽量干得漂亮一些，说自己这一把要是赢了，请他连吃三天麻辣烫，龙肝凤髓随他涮。发艺师也深受感染，焗好以后，发誓说其他发艺师都看不出来这鸡的毛是焗出来的。隆介大喜，掏出一瓶多年舍不得喝的老酒，先行庆功，发艺师果然也是能喝。

我愿意他赢。若干年后，我跟别人讲故事，这会是很独特的一个，龌龊中散发着理想的光辉。人一辈子能活出几个独特的故事哩？

"……新养出来的？怎么看着这么眼熟？"

地点仍在易老板的鸡场，围观的人还有几个，都是易老板的至亲，不邀任何斗鸡圈的朋友。易老板一直不让隆介进入他那个圈，但一场几万块的赌局，没有观众也是不行。易老板眯着眼，把黑鸡看了又看。

"和火红毛显然是一抱的，同父异母的兄弟。"隆介肯定地说。

"我们那一抱鸡，有黑毛？"

"有两只母鸡是黑毛，纯黑，看颜色应该是一样。"陈师傅说。

"我们那只火红毛和黑母鸡也踩雄（交配）过？陈师傅？"

易老板开始查黑毛鸡的出身，对于隆介拿去的鸡苗，都是有账可查。鸡场的陈师傅哪记得清楚，只好支吾。我赶紧说，那一阵我来帮忙，就想着给鸡场那只火红毛多留一些种蛋，好几只母鸡抱过去给它踩，有时火红毛挂双飞，有时火红毛一天踩三回。

"你这家伙，把自己当成火红毛，就想着多捡便宜。"隆介冲我来了一句，眼里递着感激，周围的人好几个喷笑。

虽然易老板眼里有疑惑，但不再追问。斗鸡开始。

一个半小时后，黑毛鸡惨败。易老板看得明白，斗架时就不停感慨："这只黑毛，怎么打法也跟火红毛一个路数？真是师傅左撇，徒弟右手不会掌勺。"黑毛鸡没有不败的道理，因为"神勇大将军"专门买来克火红毛,易老板针对火红毛的打法做了针对性的训练。易老板能成为本地鸡王,就因为他有这种科研攻关的精神。但是那一架仍打得好看,黑毛鸡后半小时成了活靶子,多少重脚弹在脑袋上,始终不肯低头。易老板的几个女亲戚都不敢看,摆出善心人的痛苦状。

收鸡以后,易老板说:"隆介,一心不能二用,你还要搞艺术,斗鸡这事你再有能耐,心机不够。把两只鸡都给我,火红毛,黑毛,我免你一万块钱,再倒给你一万。别的鸡我也一块收。"

"叫我以后别玩了?"

"我这是为你好,你写字画画,再弄几年,市里面没人跟你比。到时候你一尺的画能抵一只火红毛。"

"给我时间考虑。写字画画要干掉好多人,斗鸡我只想干掉你一个。"

"你让我想起自己年轻的时候,但你玩鸡,就相当于我去写字画画。"易老板在隆介肩头郑重地一拍。

隆介"考虑"了十天,主要是将黑毛再焗回火红毛,一次成不了,再者还要把鸡伤养好,结痂去痂,有伤痕的地方搞一搞伪装。看上去,火红毛一直还是火红毛。那么黑鸡呢?隆介编了一个故事,说他把黑鸡喂养在阳台,结果不知怎么地就上了栏杆,摔下去死了。有照片为证。隆介把火红毛和黑鸡身亡的照片带去给易老板,这样,一万块钱拿不到,但输掉的一万块抵了账。别的斗鸡统统收购,隆介又从易老板手里赚了小两万。四千块钱,他倒真的给了我,但要我请他去城里最好的馆子"寻味斋"搞一顿。"回扣里面拿回扣",这倒成了我与他一直持续的交际方式。

买来后,易老板发现火红毛不能用,"像是败筒子"。斗鸡跟人不一样,一旦斗败,便变成"败筒子",从此胆寒,心理医生又无法介入治疗,再拿去打架提不起半点士气,即使占有上风,也会忽然胆寒,开叫认输。

我便建议,拿去做种也是好的。易老板眼皮翻几下,瓮声说,也只好这样。

我说不是我不帮他,而是,眼前孔雀开屏还看不到任何一点苗头,易老板凭什么继续追加投入?"我要有话交代。易老板对你是足够好,但他心里不敢太相信你。这怪不了人家吧?"

"你现在都是二哥了,几万块钱搞不下来?"

"二哥是二哥,易老板想骂我照样指着鼻子骂。钱不在我口袋里,要在,我现在就掏给你。"

"你现在当二哥更会讲话了嘛。"

"你手下的那帮杂牌军,东方不亮西方亮,黑了北方有南方。这几个月,能找出点苗头,有证据证明确实能养好一只符合要求的孔雀,我马上去跟易老板要钱。"

隆介竟有准备,掏出一万块码在我眼前。"先拿去花,你要把余下的七万块弄出来,再提两万,剩下五万打到我账上。"

"不是四成么?"

"还有一万,交脱货的时候一定付给你。"

我不要。还是那句现话,尽快把开屏的孔雀养出苗头,拿证据。

他见我只会哭穷要钱,而我做不了这个主,赶紧抽身回家。我把情况汇报给易老板。

"……我早就想到,他会转包给别人。但有些人,只有他能找出来,也只有在他手底下才能搞出意想不到的事。"

"整个一支杂牌军,我去见过几个,都酒鬼哩。"

"那么,以前那只火红毛,也是有人给他养出来。你再和他碰面,拐弯抹角,问一问这事。"

"问过了,他说帮他养火红毛的人死了。"

"真是死无对证。"易老板抽抽嘴角还想说什么,没说。

往后几个月里,隆介变了主动,给我发好几条"证据"。比方说那个林场工人,把孔雀架在肩上或者头顶,变换着身体的姿势,只要调到一个合适的位置,孔雀果然徐徐地把尾羽打开。

"这不行,这不算开屏,是孔雀在保持平衡。"我说,"再说,我们只回收孔雀,难道到时候还要把这家伙一齐带给人家王局长?让他顶着孔雀成天在宅子里走?要开他多少钱一个月?"

一计不成,又生一计,那个民办教师似乎热衷于创造发明,他给孔雀安装了一个铁头套,一摁扭,铁套里定然是有什么东西慢慢锁紧,孔雀开始挣扎,越挣扎越锁紧,越锁紧越挣扎,很快地,孔雀浑身羽毛都抖了起来,尾羽自然就呈开屏状,但分明和正常的开屏有所不同。

"这不行,这不是孔雀开屏,是给孔雀上刑,你把渣滓洞从重庆搬去了成都。有点人性好不好？"

隆介只有拎着酒不停地家访，不停地给杂牌军打气，保证士气高涨。一帮酒鬼在他的怂恿下，在孔雀身上发挥着想象。公孔雀都已会开屏，只是无论如何也拒绝接受指令频繁而又稳定地开屏。隆介和徐师傅把母孔雀带去，想搞美人计，哪只孔雀开屏卖力气，可以享受配种。那些公孔雀见到有异性，开屏确实变得主动，挣得了配种的机会，配完以后会有几天的萎靡。"……它们前列腺还没有我好。"隆介感到难过，他都恨不得自己变成一只公孔雀，不就是开屏嘛，有这么难？

一拖就拖到了夏末秋初，隆介又发来一条视频，保证是"迄今为止最重要的突破"。姜是老的辣，杂牌军里年纪最大的那个退休干部，在这段时长不超过一百秒的视频里，用一只自制的树皮口哨，吹出泡沫擦玻璃的声音，让人汗毛倒竖，让一只孔雀一共开了三次屏。我反复看了几遍，便发现问题所在：这种哨音不光让孔雀开屏，还能让它马上收起，接着又打开。次数增多，是因为每一次开屏都未充分开完，活生生地掐断。老干部成功地把一次开屏切分成N次。据说他能力很强，工作起来经常超额完成任务，满屋墙壁都裱满了奖状。看了这段视频，我只是不再怀疑他超额完成任务的能力。

我不好老是唱反调，弄得隆介当是我不肯给钱。我把这段视频给易老板看，并说："看样子蛮有效果。再给点时间，这老同志能够把这只孔雀驯得跟孙子一样听话。"易老板也反复看视频，不置可否。我说都年把时间，只给了隆介三万，但这家伙这一次算是用心在做。易老板说："再给一笔，不能多，留了尾款,交孔雀时再说。"这也是隆介的运气,易老板刚刚回了一笔款,有七百多万,几万块钱这时候掏出来,自是比平时容易。

钱打过去,很快他往我账上打了一万二。易老板掐了掐时间,要我通知隆介,孔雀要在过年前驯出来,到时候王局长那个进不了户口的小少爷满周岁,正好拿去搞搞气氛。"这寓意也好,孔雀开屏,凤凰于飞。"易老板现在变得有些情调,送东西要拿捏寓意。

我提醒隆介随时关注老干部的进度,要有发展,随时发最新视频给我。老干部起初只关注频率,把一次开屏切得越碎越好,我提醒要孔雀自动收屏以后,再发指示,让它重新开屏。听着差别不大,操作起来大费周折。孔雀完整开一次屏以后,就像干完活下工,老干部再去吹哨,它理都不理。不过时间尚有数月,我相信老干部一辈子大风大浪,多少困难都解决掉了,不至于晚年给自己留下遗憾。

有一段时间隆介不再发视频过来,但这时矿洞出了问题,易老板被查账追缴税款,王局长也如坐针毡,到处找人,这摊子事谁也顾不上。好在危机公关做得不错,易老板以最小的数目补缴了税款,免于刑事追责,王局长也没被任何单位约谈。这事情过去,年节也就近了,易老板忽然一天想起来,"隆介那只孔雀,到底驯到什么程度?"

给隆介打电话,竟然是空号,好在徐师傅的手机号跟他人一样靠得住,一打就通。我问他,老干部驯的那只孔雀,目前到了什么水平?徐师傅顿了一会儿,才说不知道,说最近他忙别的事,老干部那一头都是隆老板自己去跑。我预感到情况不妙,也不为难徐师傅,只说要隆介尽快回话。

三天后隆介用一个新号码回我消息:放心,到时候,直接让孔雀去现场开屏,误不了事。

我催他把最新的视频发给我,为保证新鲜度,要让孔雀站在电视机旁,而电视调至新闻频道。

他回:你把我当贼防是吧?

他说话通常没有这种咄咄的口吻,显然在以进为退。我劝他,有什么情况一定给我交底,毕竟我把自己和他拴在一根绳上。他没有回话,次日新的号码又打不通,接着徐师傅关机。

好在通信的渠道越来越多,远非换号关机就能阻止,面对眼下的信息社会,隆介频繁换号的举动无异于螳臂当车。他有博客,虽然他换了几个博客名,账号倒还是同一个。眼下的博客名,叫"是孔雀总要开屏"。我发了几条私信,要他尽快把驯好的孔雀带来,不管有什么问题什么毛病,还可以一同探讨,将其改进。他没有回,也没有更新博文,但我预感他看到了。

翻过年头,我给了他最后时限:王局长公子周岁庆生的前一天。易老板必须事先验证这只孔雀,看它如何开屏。即使不像事先约定那样,一听指令就能开屏,只要易老板掐着表,两分钟内这只孔雀能够将尾巴像折扇一样打开,重复三次,都稳定地打开——OK,还有四万尾款,当场取走。

之后我就不理这事,但这天中午易老板先打了我电话,"隆介没有找你吧?他直接打我电话了,邀明天,把孔雀带来。"我嗯了一声,有些奇怪。易老板又说:"我估计……看明天吧……也许呢……"

我脑子便往易老板留白的地方填空，知道情况不是很好。他撇开我，也可能是为我好，不是么？有些时候，他确乎会良心发现似的想到，他是我师傅。

次日午后，我们去易老板的鸡场碰面。鸡场换了地方，更大，有半个篮球场大，有废弃的球筐，是一座废弃的小学的一角。易老板准备在这里搞一个高档的斗鸡场子，进来收门票，押鸡要买筹码，反正要将一切都作规范化处理，让人隐约闻到一股澳门或者拉斯维加斯的气息。

隆介进来的时候先是冲我笑，说我打你电话打不通，怎么搞的？我说手机有点问题，有些人就是打不进来。

"……哎，这事了账，我给你买一个新的。"他在我肩头一拍。但只见他一人，手里没有拎任何提篮。孔雀和斗鸡一样，带走的时候会用一种提篮拎着，他们管那叫"越南篮子"，把活物放进去，两边露出头尾，中间可用藤条捆住。

易老板撇撇嘴说："隆介，今天不是要见你，是要见到孔雀。"

"是的，孔雀孔雀。"他挤起一种不常有的笑，又说，"老干部养的那只，就是前面给你们发视频那只，本来已经差不多了，越驯越听话，忽然有一天就死掉了。脑袋卡在围栏孔眼里，应该是叫了，老干部刚又学会用耳机听辰河高腔，这样孔雀就死掉了。它应该是在发情，今年暖春，天热得早一点，但我这边没给每只公孔雀都配上对子……"

"隆介，你就直接说结果。还有没有别的孔雀能够开屏？

你有二十只孔雀,又有这么多能人朋友,八仙过海各显神通嘛。你那么忙,这么老远跑来,不应该是帮一只孔雀报丧来的。"

"易老板讲得对,东方不亮西方亮,老干部那只不行,那个民办教师小杨,他不是一心要搞发明创造么,也弄出这么一只。"

"这跟发明创造有关系?孔雀开屏是要驯出来,难道还是造出来?"

"双管齐下,驯养结合发明创造。易老板,年代不同了,以后我们人也是这样,身上会安装很多电子元件,器官会被机器代替,半人半机器,充电就能活命,这样人就可以一直活下去,不是么?"

"美国片看坏脑袋了。"易老板说,"那你把民办教师弄出那玩意儿拿出来看看。"

我以为是杨老师跟他来的,这样万一有什么故障,可以现场修理,但还是徐师傅,忠心耿耿地拎一只越南篮子进门。他解开藤条,把孔雀捞出来,这只孔雀竟然没有屁股——定睛一看,其实只是没有尾巴,屁股光秃秃的。易老板便嘀咕一句:屁股哪去了?

"嗯,这是关键所在。"隆介俯下身去,从提篮里面掏出一个东西。一圈饱满的孔雀屁羽,插在一个环状物上面,上面还有两条带子,看着像是印地安人的头饰。他又说:"呶,这是最先进的孔雀开屏,杨老师的最新发明,还没去申请专利。你们看得上,这个专利也是你们的。"

易老板瞥我一眼,仿佛在笑,我知道隆介今天所做的一切都将是瞎忙。

隆介和徐师傅配合着,把那东西拴在孔雀肉嘟嘟的屁股上。环状物应该是金属制成,有点沉,七手八脚拴上去,孔雀就像一个胖男人用不了皮带,只能用背带吊起裤头。两人放手,孔雀好歹站稳,屁股明显向下驮。隆介又掏出一块东西,是遥控器,一摁中间的圆钮,金属环上插着的尾羽便抖动起来,在我们目光汇聚过去的那一会儿,便已撑开。定睛一看,不止是扇形,简直像羽毛球一样滚圆的一圈。孔雀和身体上的附着物配合还不甚默契,撑开时它脚又是一软,向前滑几步才站稳。

"充一次电,可以用三小时,可以开屏两百次以上……你看这背带,也是用心挑来的,和孔雀的毛色几乎一模一样,隔远几步,根本看不出来。你看……"他用手指把孔雀身上的背带拽起来,又弹回去,融入暗绿的毛色中。

"不用看了。隆介,你觉得我可能把尾款付给你么?"

"会的,不是可以开屏么?付一半也行。"

"这样吧,你现在满口四川话,来我这里,当你是客。我一时找不到好菜,就把这只鸟过一过秤,多少钱一斤?今天晚上就炖它了,肉溜溜的屁股,还被你们磨出一圈老茧,最有嚼劲。"

晚上当然没炖孔雀,这是民办教师小杨的科研成果。科研成果一般来说不是用来吃的。孔雀开屏没搞好,易老板也没对隆介太多责怪,易老板操心的事层出不穷,不会揪着这破事不放。坐下来,酒一喝,彼此又勾肩搭背。在我看来,小地方能发财的人,大都跟易老板那样,脾性很好,是赚是亏不翻脸,回头有钱仍一起赚。隆介显然有心理准备,尾款的事并不多提。易老板请他喝五粮液集团的一种副牌子,我扛了一箱六瓶,隆介摆开自杀的架势,左右开弓往嘴里灌。俚城刚有人酒桌上喝死,同桌敬过酒的凑钱发埋。易老板怪我酒拿多了,说有事先走。我知道隆介这种看上去半死不活的,反倒不会突然就死,陪他喝到后半夜。

次日,易老板说:"我原本不信他,不信的时候他往往能把事办好;你真的信了他,他事就办不好,搪塞你绝对是一套一套的。"

"那孔雀开屏的事?"

"你觉得还能怎样?"

"王局长那头,你把话都说了。"

"只要继续赚到钱,彼此都过得下去,不靠一只孔雀拉关系。"

易老板想得通,我以为这事已敷衍过去,到底松一口气。而隆介,这次和光屁股的孔雀一样出乖露丑,估计以后他都不好意思打电话。事实上,有大半年时间,我们断了往来,直到秋后的一天,隆介直接拍响门板找我。

他一脸堆笑,但在他身后,分明有更醒目的事物。我目光直接忽略并越过他,看着后面那女人。女人乍看只是静静站在那里,但显然和马路上来往的女人千差万别。她编了两股辫子,编好且盘成发髻,一个在后脑勺正中,一个在脑左侧。她头发浓密,发髻也大得离谱,这使得整个脑袋像是往一边歪。她睑了我一眼，我得以看清她正面的模样，脑袋并不歪。

隆介说："这是你嫂子！"

"确定？"

"真是我老婆。"

隆介这厮，脸上是有新婚的兴奋。他那张猴脸表情丰富不说，必要的时候双颊飞出一抹绯红。此时，他掏出的烟都是红双喜，以前他不抽这个。

我还是头一次见他带着可称为"老婆"的女人。这么多年，只听他嘴里说着老婆，骂着老婆，每一任老婆都从未出现，哪怕一次……这让我感觉怪异，我曾怀疑他一个老婆都没有，从来没有。

"……那怎么可能呢？有的有的。隆介长得固然吓人，讲话也四六不搭，但吾国泱泱，百货齐全，再不靠谱的人，用心去找，阴差阳错，歪打正着，总会捡到死鱼。"一次，路边撞见黄作家，正好都没事，路边店里喝了整一下午。昏昏欲睡中，他倒说得明白，隆介结过两次婚，很肯定，但只进过一次洞房，同样很肯定。

结婚没进洞房那次，隆介倒主动跟我提起，是在秀山，一个大富人家的女儿。黄作家说那倒是他二婚了。隆介头一个老婆姓周，是社区医院的医生。当年，隆介中专毕业，分配到发廊找不见、毛片看不着的荒僻乡镇，一心想回城，最好是调进纺织厂当设计师，但家里找不出能帮忙的亲戚。他不知从哪得到的消息，说周医生和一个副市长是亲戚，且她为人低调，这关系迄今未被好事者发掘。隆介撇开谈了半年的初恋女友，对周医生展开爱情攻势。他年轻时,把自己好好修饰一番,尚有人样。而且,那时候流行写情书,他一笔好字,平添攻击力;语句也不知哪里摘抄而来,生动有趣,激情勃发。周医生也是文艺女青年,光从收到的情书来讲,隆介寄递的当属出类拔萃。再说,周医生相貌平平,不声不响,收到手的情书不多。两人恋爱的过程中,隆介也得到调动,进了纺织厂,果然当上了设计师,便以为周医生的亲戚已经认这门亲事,暗中出手相助。婚后才知,周医生和姓周的副市长没有任何关系,甚至不是来自一个村,而是相邻乡镇的两个村。村名偏巧一样,字辈偏巧衔接,前面得来的假消息,大概是混淆了。女儿已出生,日子照常过下去,只是两人感情迅速转冷。离婚是周医生主动提出,原因有各种说法,隆介也懒得澄清。别人喝酒时发挥想象,甚至说隆介让周医生守活寡,他都认账。他就喜欢被各种说法包裹,他就喜欢自己有话题。

那天黄作家讲得详细,我也不失时机,问他隆介二婚时扯了证却没进洞房,又怎么回事。"……纸包不住火,秀山那女孩还以为彼此在初恋。结婚之前,有人找到那女孩讲实情。""他前妻?""是啊,算是救了那女孩一命。"黄作家笑着找碰杯,一番话说毕我真看不出他是隆介多年好友。但是,好友确乎就是知道一切实情,还能凑在一起喝酒的人。隆介此后当然还找得到女人,或长或短地跟他在一起,但肯定没结过婚。不是每个人都能屡败屡战,像骨头一次一次打断,又一次一次接起来长成原来那根。隆介喝酒的时候说过,他不相信会有女人长久地跟自己在一起。他认为是自己身上的艺术天赋使然。

黄作家不同意，他说一个男人让女人不离开自己是基本的能力，除非他自己没想清楚，要不要找个人一起把余生打发掉。

隆介来找我那天，看着扎着歪辫子的女人，我一刹那又想到黄作家那天所有的说法，低声问他："扯证结婚了？事不过三啊。"

"确实，没这么快。就算我愿意，要人家冲着我下定决心，不是一天两天。"他露齿一笑，又说，"不扯闲篇，这次来，是有事和你商量。"

"我有心理准备。"

女人这时走过来，摆明说："我是来帮你养孔雀的。"

我一时愕然，隆介马上解释："我跟她讲了孔雀开屏的事，她极有兴趣，不容许我丢脸地失败，要把这事情继续做下去。她很有把握的。"

本想问他，这把握何来，但这时我瞥一眼，在女人脸上看到一种期盼，以及隐藏在期盼之后的一团杀气。我确信杀气的存在，因我很少在女人脸上看到这么繁盛且明白无误的杀气。刚才一瞥见她就觉得与众不同，其实是这团杀气闹的。我便住了嘴，请两人进屋。等下要请他们吃饭，话可以慢慢说。

我们出去吃饭喝酒，那女人搛了几筷子就走。她说刚来俚城，要到处看看。隆介说你等一会儿我陪你。女人说我一个人想去哪去哪。她真是抬起屁股就走人，并不和我打招呼。隆介脸上闪过一瞬的小尴尬，又说："她就是这样一个人。"

徐师傅稍后赶到，坐上桌，拎一只提篮。我觑了一眼，提篮被藤条绑紧，看不见里面，但这提篮几乎是最小号，不像装有孔雀或者斗鸡。

"……她叫凌大花。"

"笔名？艺名？反正不是本名。看得出来，她是城里人，反倒要把自己搞得土气。"

"有眼光。她本来叫凌雨欣，但她不喜欢。她说没有辨识度。"

"你也不喜欢凌雨欣，你就喜欢凌大花。说不定，她改这个名字就是来讨你喜欢。"

"不至于吧，她改名时我还根本没见过她。"

"冥冥中自有注定，她改名字，就像是换个饵钓鱼。红虫钓鲫壳，屎蛆钓鳊花，什么饵钓什么鱼。土名改洋名，算是流行；洋名改土名，反其道行之，也算一种行为艺术。"

"行为艺术你也懂？"隆介眼球本来就往外凸，这下子快挂出来。

那女人真是搞行为艺术的，他俩碰面是在成都高脚碾一家私营艺术中心。隆介说，完全就是"劈面相逢"。那地方离艺专近，江湖书画家扎堆，个展几乎隔三岔五见得着。隆介在四川这么多年，书画圈的朋友认识一堆，有那么几个凑起来办书画展，也拉他入伙。"是要拿我当门面我跟你说呵！"隆介不失时机自我表扬，他一直在反思这些年太低调，也不对。干这一行自己都不捧自己，又如何让别人帮你使劲？

我说我知道的，你天生就是块门面，快往下说。

书画展当天，几个人正在剪彩，马上进入正题，下面也有一两百号人,都是各自亲友捧场。艺术中心地方大,经营有方,同一天不同的艺术展挤挤挨挨搞起。剪彩之后,请来的美协领导正说话,台下不少人一呼啦往那头奔走。不怕不热闹,就怕更热闹,他们的观众像山体滑坡一样止不住,越走越空,眼看着台下还没台上人多。隆介也抽脚离去,往那边钻,要看个究竟。

"摆明是砸场子,我也看看是谁在砸。"说到此,他杵来这么一句,但我已知事情会戏剧性地发展,就像影视剧,相爱的男女出场时都是对头。隆介和凌大花看上去都不是用来一见钟情的。

虽然人群里外三层,但他人扁钻劲就足,钻到里面,这样他得以看到行为艺术家凌大花,左手擎起半块青砖头,右手畔有一篓子鸡苗。她将小鸡苗逐只拽出,摆到面前,一砖头砸去。鸡苗苗只来得及叫半声,还有半声被砖块吸去。地上斑斑是血,鸡苗在筐内不规则地彼此冲撞,但仍不免于被逐只捞出,一砖毙命。

女人机械的敲击动作仿佛是生产线上的工人,一筐鸡苗就这么悉数毙命。她有助手,负责及时搬来另一筐鸡苗,再把空筐移开。女人的敲击一直延续,半声惨叫次第相接。别的人看几眼就不看了,这边书画展的几个书画家正呼朋引伴,当天的人大多是他们邀来。这边一点点地空了,就剩那么几个,女人敲击的节奏特别稳,并不受人流影响。隆介一直盯着看,书画家朋友来拉扯他,他也说不急不急,我灵感突然来了。

这理由再好不过,作为艺术家,打断另一个艺术家的灵感,无异于谋财害命。

说到这,隆介又告诉我:"其实,当时我像是被魇住了。"

说时迟那时快,一只鸡苗蹦出筐,跑到隆介脚边。当时围观的还有几人,但那只鸡苗认准了他,简直就是来给他俩牵红线的。隆介弯腰捞起鸡苗,捧在手里。女人随后便到,要他交出鸡苗。她一脸杀无赦的气象,但他觉得应该为这只鸡苗做点什么。

"你放了它。"

"少管闲事。"

"多少钱我补给你。"他还做一个掏裤兜的动作。

"一百万。"她说。

"要拍你就拍我一下吧。"隆介把半张脸仰起来,摆到正好挨砖拍的位置。女人一怔,很快那半块砖就到了他脸上。她力度和刚才一样,但他脑袋不是鸡脑袋,只是有点眼冒金星。两人默然对视一阵,然后相互扭头走开。女人直接离场,剩下的事情有那个助手。他则把那只鸡苗揣进兜里,参加自己的书画展。茶歇时他把芝麻蛋糕上的芝麻抹下来,一粒一粒喂给那只鸡苗,脑子在想,女人拍死这么多鸡,这就是行为艺术?这么轻松就能把书画展的观众抢过去?要知道再蹩脚的书画家也练了若干年,她却只要有这么个想法。"简直就像一家馆子同时办起红白宴,红宴笙箫不比白宴锣鼓敲得响。"还有,他瞥了一眼电子显示屏,心说,拍死小鸡为什么叫《时间银行》?他想着有机会问问她。

说到这,我问:"后来她是怎么解释的?"

"她就说小鸡也不知道什么是活着,既然不知道什么是活着,活着也是白活,浪费时间。她把它们拍死,就是把它们的时间存起来。"

"就这样简单?"

"嗯,就这样。"

我突然觉得有些不好玩。这女人的解释简直是不讲道理,这比一脸杀气更无趣。"行为艺术就是这么么?有一天她觉得你活着也是白活,然后她拍死你,说是把你的时间存起来,你也同意?"

"不想这么多,她拍死我没那么容易,我倒是把她拍到手。"隆介此时笑起来自然还小有得意。话说到这,他又补充说明,"其实我这么多年没有老婆的,独守空房。"我说我知道。他说你真知道?我说我刚知道。

他往下要讲他俩的过程,但我不感兴趣。不是每个人的爱情故事都有传播价值,不是么?他便知趣,转移开话题。

他们以搞艺术的名义,混在成都同一片区域,过着半流浪的生活。他们的熟人必然有大量的交集。他算是其中的有钱人,除了搞艺术,别忘了他还是小包工头,搞园林建筑是他吃饭的本事。这样他看中一名搞行为艺术的年轻女孩,主动靠近、接触、相识、交流,上床也是很快的事,相当于从前的握手礼。他骨子里还是老派的人,经过滚床单的洗礼,乐意把这当成一次恋爱。那个叫凌大花的行为艺术家,应该另有一番解释,一般人万难想出来,否则她都饶不过自己。我想,事情无非如此。

且不讨论爱情，他们真就一起生活。两人认识不久，凌大花主动跟着他，去到偏僻的民安小镇，住进他以前用来养孔雀的院子。孔雀现已一只不剩，本地鸡却从来没断养。凌大花在屋里找见孔雀的羽毛，问这是怎么回事，隆介把之前的孔雀开屏讲给她听。她一时来劲，说你们不行，我也许能搞出来。隆介劝她省一把力气，没那么容易。再说前面已然失败，尾款都拿不到手，再去买孔雀苗，可不比那一筐筐鸡苗，便宜得几乎不要成本——那批被她拍死的鸡苗，也是因为鸡瘟爆发而贱价买来，一两毛一只，她若不拍死，也会被蛇场买去喂蛇。这么一讲，与其被蛇一只只带毛活吞，鸡苗落在她手里还算落得个好死。

隆介本以为凌大花在小镇上待不久，她是个行为艺术家，能一口气拍死上千只鸡苗，杀气太重，就有那么点不食人间烟火。而小镇，仍是满坑满谷人间烟火的地方。他以为她必然有着躁动的灵魂，这样与众不同的想法才时刻喷涌，干出令人完全摸不着头脑的行为艺术。但她忽然很安静，很享受小镇的生活，养鸡也很拿手，配料投食洒扫捡蛋，还有晚上操一根手电逐窠点数，样样能来，把徐师傅直接废掉。隆介不希望她就此变成一个农妇，他要她一如既往都是行为艺术家。虽然她还不善于解释自己的行为，但这种事情，做出来就好，阐释意义是另外一些人的吃饭本事，像一条产业链，各据一端，相互关联却又彼此无犯。那些嘴上讲得头头是道的家伙，不会当着众人拍死一筐筐鸡苗。

他劝她去干些什么，去成都，去别的人多的地方，摆个地摊锣鼓一敲就能引来里三圈外三圈观众的地方。

"去干什么?"她朝他好奇地翻起白眼。

"你的行为艺术。时间银行,不可能是只存不取吧?"

"时间银行,只存不取……这个解释我觉得非常到位。"她又说,"行为艺术,只能有一次,重复就不是。"

"那还想些别的,拍死别的什么东西。"

"我还想拍孔雀,长得再漂亮,一砖头拍下去照样死。这样真是震撼人心,把美好的东西毁灭给人看。"

"那还不如直接烧钱,烧真钱,谁看谁心疼。"

她宁愿养鸡,懒得去搞行为艺术。他也拿她没办法,眼睁睁看着她越来越像农家妇女。他跟我讲这么一堆,我已理解他满心的无奈,其实他是想从她身上找启发,行为艺术一搞,轻而易举地吸引别人眼球。她似乎具有这样的天分,灵机一动想出一个点子,胡乱地给予一些解释,说干抒起袖子便干起来,便是行为艺术,就能闹出动静。说不定,他想过和她搭成夫妻档,一起搞行为艺术。我毫不怀疑隆介有这样的潜质,就像老作家所言,隆介本是个演员。他字写得很好,算是书法家,但也许还有更适合他的艺术门类,他一直择机进入。凌大花要把自己变成家庭妇女,隆介无奈,但也能理解,因这女人就是用来不按常理出牌的。她不会让他轻易就琢磨得一览无余。

或者我想的都不对,他们之间确乎有了感情。他们本就是一对人。

这样,接下来日子过得令隆介都不可思议,凌大花说家里的事都让我来弄,我弄得好。白天,隆介就带着徐师傅,或者说徐师傅开车载着隆介去工地管事，跟人洽谈新的工程承包；晚上回家，有一桌热饭热菜。日子是好过，隆介心里毕竟有说不出的古怪，一个搞行为艺术的，突然变成田螺姑娘，跨度未免太大，让人心底不牢靠。

有凌大花料理后院的本地鸡，隆介回家只管吃饭、喝酒、睡觉。斗鸡暂时不养，他也用不着去看本地鸡养成什么样，反正煮熟了撕开了蘸着酱油吃，味道几乎都一个样。两人凑一起过了三个多月，一天下午，他取到一笔工程款比预想得顺手许多，心情便不错，路过花店时买了一把花。进了院子，他拎着花束去后院养鸡的地方找他心爱的凌大花，刚踩进鸡圈，忽然一只红毛色的小公鸡从鸡群里跳出，蹿至隆介脚边，紧紧地往他裤腿上蹭。

凌大花随后跟过来，红毛小公鸡又赶紧跑到一边；凌大花跟过去，红毛小公鸡绕了半圈又回到隆介脚边。

"……是那只鸡！"

"嗯，只能是那只。"

没被她拍死的那只鸡苗，被他装进衣兜带回这里，正好有一群差不多大小的鸡苗，扔进去，很快就混淆不清。但现在，它自己暴露出来。红毛小公鸡由此变成他的宠物，去哪里都随身带着，放地上会跟在他身后走，寸步不离。红毛小公鸡看他的眼神都发亮，他也舍不得留它在凌大花身畔，说不定哪时她杀心忽然炽烈，手起砖落，再炖熟给他吃。一只小鸡难得通了人性，他便舍不得。将宠物随身带，并不奇怪，但这宠物是本地小公鸡，吃饭时他扒一些米粒到地上先喂它，别的人就有说不出的好笑。凌大花也笑他："你把它当宠物，我怎么敢拍死它？"她越是这样说，隆介越是将小公鸡随身携带。

此刻，红毛小公鸡放在桌子上。我们已经吃过饭，桌上都是残羹冷炙，他将四个盘摆成四个方位，中间空着好展示他的这只宠物。他不发令（用指头叩桌面），小公鸡老实地待着不动，发令后，它会随他手指指向，啄左边的菜，吃右边的肉。他指头一勾，嘴里吹一声细哨，小公鸡就会扑到他怀里。他抚摸着它，它像一只猫把弓起的背逐渐塌下去。

"……所以，要驯这些畜牲，最重要的是先要让它们害怕。这也是我当初驯孔雀没有搞明白的地方，老是对它们好，反而宠坏，要恩威并施。最通人性的，就是最懂得害怕的。你想，当初我家大花拍了一千只以上的鸡苗，只有这一只蹦出筐子，逃出生天。它不是一般的鸡，是千挑万选，是命中注定。"隆介说到得意处又喷了标志性的响鼻，小公鸡知冷知暖，引颈寻找声源。

距上次他找到我，给我展示红毛小公鸡又过去了半月。我跟易老板赴海拉尔考察一个金矿回来，给隆介打电话，他很快赶来，但他最新的扮相让我一愣：一身意大利西装，把他空若无物的躯体捋直了几分。他解释："去参加凌大花他们的一个活动，她要我搞成这样。"说的时候，显得无奈，但又藏不住一丝得意。显然，他正亦步亦趋变成另外一个人。我说："幸好你只是隆介，易老板不会担心有人花这么大的代价来高仿你。"

他前次给我展示红毛小公鸡，我也并不意外，东门口算命的瞎子个个都会驯一只鸟叼牌，有喜鹊有画眉有蓝翡翠有花斑钓鱼郎，当然也有驯鸡的，这仿佛不是难事，唯一的看点是隆介无师自通。也许，那些瞎子不外传的门路，隆介已然摸着门槛——他看上去也像个瞎子，据黄作家说，"瞎子"也是当年他诸多的绰号之一。这又能说明什么呢？他的意图，是以此说明他找到驯好一只孔雀开屏的法门，但我觉得这未免牵强，不是说，你有泥瓦匠的技术你就能再砌一幢央视大裤衩。他坚持说内在道理都一样，万事万物皆有关联的点，皆有相通的路径。他要见易老板，我不能拦，说易老板回来我就给你电话。脑袋里，不免生成这样的画面：一筐筐鸡苗，全都换成孔雀苗，凌大花照样重复机械的动作，但力度要加大，有些一砖头拍不死，还要补一下……但这要多大成本？万一拍了几千只，还是没有一只跃出筐扑进一旁守候的隆介的怀里呢？真有这么一只，又能说明它经过了智商测定，天赋超群么？

当然，隆介也表态："有些事要多快好省，但有些事，必须铺张浪费。以前什么都想省着弄，就一再地错过了奇迹发生。现在不一样，我俩决定不惜一切代价驯出这样一只孔雀！"

我总感觉他现在说话和以前不一样，总有一种喷薄的激情，喜欢诅咒发誓，赤裸裸地表态。这些显然和他新的且正在延续的恋情关系甚微。

现在见着易老板，半月前给我展示的内容又重复一遍，看得出来小公鸡驯出的质量很稳定，不是它那天心血来潮突然通的人性。易老板只是笑，"隆介啊隆介，我怎么说你呢？你搭个模型，要跟我卖楼，是不是这个意思？"

"现在楼盘不都是这样卖么？"

"但第一幢楼不是搭模型卖的，是建好卖出去，有了口碑名声，有了品牌价值，才有资格搭模型卖楼。你这个就像小产权，也建了销售部，也有模型和销售经理，表面看上去和正规楼盘差不多，但经常烂尾。"

"易老板，也认识这么多年，你信不过我么？"

"上次我相信你，后来又怎么样？几万块钱，就看了一眼一个民办教师的专利产品。"

"这次不一样，这次我家大花是一定把这事情搞成。"

"我并不了解她。"易老板说，"一个小姑娘，跟你这样的猥琐大叔搞恋爱，我不管你自己怎么看，但我说句实话，很不靠谱。"

隆介尴尬赔笑，慢悠悠聊起他和凌大花恋爱的事情。我听过了，就走一边抽烟，掐着时间躲尿点；易老板倒是对隆介的爱情故事感兴趣，侧起耳朵听进去。总的来说，易老板对隆介的那份心理依赖，一直还在。

确是这只小公鸡，也未经多少训练，忽然和隆介接通心灵感应。凌大花看在眼里，有一天吃饭时跟隆介提起：以前你没搞成的那件事，现在可以搞一搞。她相信一定能搞成。隆介的第一反应也和我一样，难道要找成千上万只孔雀苗来拍，以极小的概率寻找有灵性的那一只？这TM简直比金瓶掣签更不靠谱。凌大花回以冷笑，"现在就能想得一清二楚，还有必要动手去做？"她说话不多，简洁有力，但能给他一种下旨令的效果。她说不一定拍死那么多孔雀,甚至不一定拍死孔雀,杀鸡儆孔雀也不是不可以,这些具体的策略,后面可以商讨,也会在实践中不断调整。隆介点头认可,这时的第二反应,是易老板再给钱的可能性很小。凌大花又是冷笑,说你事没搞成先讲钱,你一辈子也就这样。隆介听得一阵冷惊,回想自己半生,也确是这样瞎掉的。当初能够成为书法家,哪曾想到赚钱,纯属爱好,加之天赋也不缺;但到一定时候,把钱一想,做什么事情都放不开手脚。

他把自己与凌大花的对话也原样复述给易老板,摆明态度:给不给钱,都会驯孔雀,当然给钱更好。而且,他也坦白,凌大花的考虑比他周全,驯孔雀不光是给别人干活,还可同时套拍一部纪录片,名字就叫《孔雀开屏》。"纪录一件毫无把握干成的事,本身就有价值。"凌大花讲的话,隆介听来总有一种名人名言的风范。

"好嘛,换一种方式。"易老板自然听得明白,"以前是我掏钱你给我干活,现在换成你们拍电影我来投资,是这样吗?"

"易老板说了算。"

"是啊,听上去仿佛我们都升级换代,都变得更高级,那么钱也不是几万就能打发的,对吗?"

"怎么能说打发?"

"口误,口误。但我仍然没听出这只小公鸡和孔雀开屏有什么关系。你们要拍电影,对着镜头,孔雀就会更有荣誉感,更配合工作?"

"事在人为,易老板。我们既然要花这么大的功夫,就会有不一样的效果。"

"我只在乎眼见为实。比如说,你能不能让你的小公鸡也开个屏试试?"

"这个真可以试一试。"隆介狡黠地一笑,像是早就料到易老板会出这样的难题。他掏出手机的录音功能,播放其中一条音频,竟然是拍砖的声音,啪啪的闷响,伴以小鸡含在嘴里未及吐出的一声声惨叫。红毛小公鸡站在桌子中央,不久便有显见的瑟缩抖动,再过一会儿,奋力将尾羽贲张起来,仿佛真是开屏。稍后,"噗"地一声,小公鸡尻子里喷出一腔热粪。

"这么搞要不得哟!"一旁的服务员早就盯住我们这桌,不便说话,现在急不可待要制止。易老板摆摆手,叫服务员不用管,自己凑近了仔细打量那堆鸡粪,又说:"这只鸡像是有点白痴,不能拖。我包里有土霉素,现在就灌它两颗,可好?"隆介当然不推辞。给鸡灌药,在场的每个人都轻车熟路。

那一阵隆介自然来得勤快,说请我们吃饭,大多数时候,易老板递个眼色,我把账结了。隆介会冲我说,你什么意思啊?我说你别跟我们争了,就当我们为你拍电影也尽一份力。坐下来,推杯换盏一如从前。隆介和凌大花搞在一起后,新的话题不缺,比如说行为艺术,比如说艺术,比如说拍电影,比如说怎样才算成功,他都有了和以往截然不同的理解。

"……艺术是开放的,是生活中无处不在的可能,比如说你养斗鸡成为我们的鸡王,你某种程度上也是艺术家,你养出的最好的斗鸡,就是艺术品,最好的一场斗鸡比赛,到时找我们拍下来,就是有价值的资料。而我练字,三岁看老,要是关在书房故步自封,写一辈子又能怎样?顶多就是省里面有些名气。再说书法家,还要有身份,皇亲贵戚,宗教领袖,这些都是必要。我再怎么努力,也只是个写字匠。"凌大花要拍纪录电影,他心甘情愿地掏钱,前期准备所有费用,都由他包圆……以致易老板说,"能从你兜里掏钱,都是怎样的奇葩?"凌大花请来了摄影师录音师,摄影师就是她砖拍鸡苗表演时的助手,这些人全都多才多艺。她当然是导演,隆介挂美工。其实一部地下的纪录片不一定要有美工,但隆介不愿挂制片人,他知道那意味着此后拍片掏钱都变成他的责任,所以屈就美工一职。眼下,凌大花领着一帮年轻人以及隆介,操着一套专业气质十足的拍摄器具,在小镇上另找了一个乡镇旅游的题材,拍纪录片。小镇的人还是很关注,经常涌进他们拍摄的场地,看看到底搞的什么鬼。有些年轻人还问能不能给我一个角色,演什么都行。隆介就说:"赶快投胎变一只孔雀,让你当主演。"

易老板听隆介闲扯,仍是一副受用的模样,这仿佛让他脱离了自己的生活,进入一段异质的人生。他也时而跟我抱怨,说活得没意思,钱赚了不少,没意思,真想把生意放一段时间,开车跑到哪里算哪里,过一过别人的生活。也许每个老板都讲过类似的话,但也只说说,他每天有打不完的电话,忙不完的业务,哪天没电话打,舌头难得有了休息,肯定胖三圈。他喜欢隆介过来串门,好酒好菜招待,晚上还唱歌洗脚。有一次去成都办事,我们晚上打车去的民安镇,见到隆介,便说我们来"探班"。小镇的卡拉OK还保留了多年前的风貌,不上档次,但易老板喜欢,这让他怀旧的情绪任意铺展。他只是感叹:"隆介,你真是唱得越来越专业了,就有点越来越不像你了,怎么搞的嘛。"隆介来俥城找我们,晚上吃饭唱歌洗脚消夜四部曲过一遍,易老板还问隆介要不要加床垫。我们都知道他一直有这爱好。但现在,隆介认真地说:"不用不用。你们不知道,我家大花属狗的,鼻子厉害,能闻见任何一丝别人的骚味。""你这样的货也玩守身如玉!"易老板只好感叹,这一次隆介可能是在恋爱,口臭都被他捂轻了。

在一起时,彼此亲密一如从前,只是隆介开口要钱,易老板便闭口不谈,顾左右言他。有一次,易老板索性说:"你来我这里勤快,聊得也开心,但到最后一开口要钱,是给我碗底埋蛆。隆介啊隆介,我一直认为你跟我接触的那些生意伙伴不一样,你身上没有虚情假意的东西。"

隆介知道易老板在堵他嘴,但若不用臭袜子堵,隆介仍会拐弯抹角地提到钱。隆介要钱,易老板不给,酒水管够。

我知道,钱的问题,隆介现在开口时机不对。易老板和王局长的关系,最近有点僵,易老板并不打算像以往那样供着这祖宗。生意场上的事,关系起落都跟钱有关,铅锌矿这半年都不断跌价,算是起因。选矿场的税,以前搭帮王局长的能耐一直由地税管着,几个点而已,但从去年底变成征收增值税,一下提了近十个点。分红的时候,王局长自己不表态,他拿的那部分就不能扣税。易老板嘴上不说,心底存下。前不久王局长过生日,有朋友转来消息,易老板牙一咬,叫转消息的朋友捎一件K金摆件,说自己正在外地考察。他确实也在东北、内蒙和云南缅甸交界之地跑一圈,考察金矿。做了这么多年生意,易老板以为只有贵金属价格才不会起落这么快,当然,事实并不是这样。

隆介要不到一分钱,便不愿瞎跑,我们又有老长时间见不着他。时已深秋,气象台发布消息说,冬天会很冷,极有可能是十年一遇或N个十年一遇,所以买孔雀苗的事情先搁浅。反正,纪录片一上手,凌大花发现身边可拍的题材还是很多。他们也不困守一个题材,每天辗转,尽多地搜集材料,将来做成片的时候,剪裁将大有余地。果然,那年冬春时分,天降罕见大雪,气温降至罕见的低度。凌大花决定把别的题材都放下,抢拍雪灾,这么大的天灾,必有许多事情爆发。但因团队仓促上马,对于降雪准备不足,大雪天上山车轮打滑下坎,导致隆介一条腿骨折。更惨的是,年轻的摄像师杨某摔成颅内出血,还好及时救回来。隆介住院那一阵发了话瘾,成天都在给我发短信,还一堆一堆地传与雪灾相关的照片。当时传照片是用彩信,我接收都很费钱,许多照片没打开直接让它过期。他讲到雪灾的见闻,因为凌大花敏锐的头脑,确实能够捕捉到许多独到的东西。雪灾中她盯上了上山敲冰凌的电工,在那环境,上到山顶再爬上特高压塔,非常不易,上下经常就是一天时间,小便变成大麻烦,于是就系成人纸尿裤,便意来临直接往尿裤里撒。没想地势太高,尿在纸尿裤里,贴着肚皮,照样结成冰疙瘩,电工师傅在高塔上进退两难,纸尿裤扯不扯掉,下体都要经受冻伤的考验,颇有几个就此阳痿甚至……凌大花当然乘胜追击,拍了不少电工师傅维权的镜头,还能说服他们拍到更震撼的镜头，类似以前电线杆子上的性病广告。她有信心，这片子极可能从众多雪灾纪录片中脱颖而出，在国外的影展上拿奖拿到手软。

"东方不亮西方亮，我家大花有这样的嗅觉，迟早会拍出震撼世……震撼人心的东西。"隆介躺在床上给我打电话，经过生死的一劫，不再心疼手机费，经常长篇大论，经常感悟人生，时不时就戳我一句布道般的话语。

我跟易老板转述，他也感叹，这隆介一副鸦片鬼的模样，竟然还有为艺术献身的心思。电影一拍，他的视野动辄世界范畴，还有心思去伺候几只孔雀吗？"要他还有心思养，回头再把那四万块转给他，并说孔雀真的驯出来，高价收购。但你先不说，就看他自己选择了。"就在雪灾之后，地震之前，易老板把那矿洞的股份全转给王局长的一个熟人，得一笔钱，打算另起炉灶。孔雀的事情他又感兴趣，是因为有消息说王局长已经被有关部门盯上，进不去，几个月内要见分晓。"今年必然是多事之秋。"他感慨的同时，还想着王局长在荃湾镇那个宅子，一旦事发，宅子必然低价易手。易老板手头有几千万的现金，忽然不想再像以前那样拼命，在考虑找个地方，住进去，休养生息。机会都是留给有准备的人，而且，时至今日，房宅的流转显然越来越快，传子传孙N代同堂那些老黄历，翻不了了。"到时候，孔雀就是为老子开屏，而不是为了讨好什么王局长。"易老板敞开跟我讲，颇有些项羽的气概，又拍拍我肩，说世事难料，变化无常啊。

开春天气转暖，隆介真就买了一百多只孔雀苗，发照片过来给我，乌麻麻的一片。我亮给易老板看。"先打两万过去，产前小投，产后大投，大幅提高收购的价格。"易老板又警觉地说，"是不是你把我的话透露给他了？"我说要是他冲这几万块而来，只想敷衍，不必买这么多孔雀苗。易老板一想也是，又说，"不能小里小气，四万一起打过去。前回他腿伤我还没去看他哩。"

隆介一听，当是白捡的钱，叫我打二万四过去，我打了三万。他说："也好，只要大花点头，我随时会结婚，你的贺礼算是头一个给，生了小孩认你做寄爷（义父）。"我说："不急，要想清楚，你的余生顶多也就结一次了。"

当然，那年接后发生的事，我们都已了然。五月份川西一震，他们便离开居住多年的民安镇，载着上百只孔雀，一路伺候着，去凌大花的老家重庆沿江郊区找个院子，重新安定下来。那地方离这边近，坐火车也就半天时间，我打算有空多过去看看，易老板也有此想法，要听隆介摆一摆拍电影以后的识见。他还感慨："时代真是不同了，三教九流、牛鬼蛇神都蹦出来拍电影。当然，我看好隆介，他本来就是乱世英雄，乱中取胜。一旦他有苗头，以后我也投资拍拍电影，搞搞文化。"

想象中，隆介确乎离理想的生活越来越近，聚起一帮穿着各异的艺术青年，扛着拍电影的全套器械，走到哪就有一股艺术风刮到哪。万一哪一天，一部片子一炮打响，这帮盲流都可鸡犬升天，成名成家了。他表示养孔雀也不耽搁，甚至有了心理依赖：孔雀开屏，他们横空出世。但我没来得及去那里，就跟易老板赶赴云南边境，着手上马新的项目。

79

我两年后回俬城,不再跟易老板,易老板有些伤感,说你跟我这么多年,现在正是我最困难的时候,也给不了你什么。我说我妈躺床上,忠孝不能两全啊。易老板伤感地说:"你走吧,带几只斗鸡苗过去,顺便帮我养养。你家前有厅后有院的,不养鸡也是浪费。"

我去好吃街盘下一个门面,不搞餐饮,那太累,只做酒。我专做老酒,声称是走乡串镇,找到那些气息奄奄的杂货店,淘来多年积压的陈酒。本不是好酒,摆了多年水渍锈迹一应俱全,看着有古董的气质。其实走乡串镇成本太大,都是从贵州批过来的,那里做这种低端老酒也有产业链。生意不错,试想,别的店十块钱一瓶二两五,到我的店二十块钱能买一整瓶十几年的老酒,当着朋友辨认了日期再拧开盖,颇有几分面子。要有人质问我,逼得紧了,我索性说白酒只有优劣,没有真假,这个价格明白人都明白,不明白我也不劝。

然后忽然就要结婚,人是我妈给我介绍的,人挺好,年纪又比我稍大,一看就会照顾人。我妈把我俩拽到她面前吩咐些话语,腔调倒有点临终托孤的意思,我哪敢半点违拗?请帖发出去,这天电话一响,见是贵州的号,以为又有人主动推销某款新出的老酒,接了以后,虽然四川话里夹起贵州腔,但那种喷鼻的响声,马上让我脑袋里浮现出隆介久违的模样。我这才想起来,起码有一年多时间,彼此没联系了。原因还跟从前一样,他换了号码,而且,连徐师傅的电话号码也跟着换,显然经历长途迁徙,换当地的号码省钱。

"你竟然要结婚了?"

"你跟你家凌大花还没结么？"

"别说了……狗日的，说你怎么这么快就结了？也不让我帮你盯一眼？"

"你三婚，领跑了两圈，别怪我不让你先。"

"哎，我要来。头一次结婚才有点结婚的味道，你要把这味道好好榨出来。要想出一些别出心裁的点子。"

"像易老板一样，他妈死的晚上，搞跨省的斗鸡大赛？"

"赢了么？"

"能不赢么？人家老远过来吊唁，当然是给他送钱。"

"这太 low，我讲的是英文，你懂吗？就是不上档次呗，易老板钱再多也是土鳖，不上档次，我们要玩一些上档次的，比如婚纱照，也太 low，现在我们可以给你拍一部婚庆电影，你自己编剧，你俩是主演，拍这么一个，婚礼上放出来，是最时髦的。"

我不免又想起来，这隆介永远都在搂草打兔，不会单纯地去干一件事。我说："不是拍纪录片么？现在又搞婚庆电影？"

"不能单打一，既要搞艺术，也要赚钱。千里之行始于足下嘛。"

"是个好主意，"我说，"但没几天我就要结婚，显然来不及，不是么？"

"是啊，他妈的，你下次结婚早点通知我。"

三天后我见到他人，在约定的地方等他，我重点盯来往的皮卡车，他那辆皮卡车跟他这么多年，我从他讲话里没听出换车的可能。一个骑变速车浑身运动装再加专业头盔的家伙忽然一个急停，一腿勉强撑地，冲我一笑。竟是隆介。我吓一跳，问他怎么搞的，他说现在他就这个样子。我怀疑他故意的，一骑百十里地，就为吓我一跳。嗯，不得不说，他做到了。

到路边馆子坐下来，他还去厕所换了便装才上桌，人立时瘪下去几分。我问他怎么搞的。他说："哎，跟我家凌大花混，我变成什么样子你都不要奇怪。"我说："我知道了，凌大花是想拍四川版的《变形金刚》。"

凌大花新找到的题材，是拍一帮探洞的老外。西南一带喀斯特地形遍布，溶洞天坑地漏随处找见，便有许多老外老远赶来，在西南的深山丛林里晃荡，有坑跳坑，见洞探洞。凌大花跟这些老外接上联系，好不容易让他们答应跟拍纪录片。这个题材一定下来，对团队成员的体能就有新的要求，拍人探洞，他们也要有探险家的本事，身上拴着绳，往地底下一钻就是百多米深，"跟下地狱似的"。凌大花表态了，这个事隆介可以不跟，老同志出了事，她负不了责。但这激起了隆介的斗志，竟然年届半百搞起体能训练，去健身房里跟着年轻人一块撸铁，有氧无氧，都要憋出硬邦邦的肌肉。

"你看，还是有点成效了。"他把衬衣解开几个纽扣，掀开了给我看。我先环顾周围，大家都自顾着吃，这才瞥进去一眼，也没见胸脯鼓得像乳房。我说："你为你家凌大花，真是豁得出一条老命。"

"有什么办法？缘分这东西……"

"我看不像是缘分。哪有这么多缘分？有的人走到一起是缘分，但我还算懂你的吧？你是碰到了克星。"

"克星？你这么一讲，倒真像。别人找爱人，我就要找克星。"

酒菜摆上来，不上档次，但都是我们熟悉的味道。他接着跟我讲探洞的事，那些外国佬带着仪器设备，进到洞里探一遍，拿着仪器往洞壁一照，就有一道蓝色光弧像扫条形码一样，产生幽暗的声响。出了洞，再把仪器里的数据输入电脑，很快，整个洞的形貌就会被测绘出来，生成三维立体的图像。而且，老外另一种仪器，照一照，便把洞内的矿物成分、水质成分都一一测出，全都生成数据。

"虽然我们看不懂，但里面元素符号还认识几个，后面跟着千分比。"

"那么……这些老外，是不是在搞间谍活动？探险家，一般都是要收集情报赚外快，就像你们用婚庆电影养纪录片。"

"你是个明白人。"隆介竖起大拇指，说，"我家凌大花看不出来？这帮老外，是趁我们政府心地善良一时不觉察，才能随便钻洞。凌大花早就说过，哪天政府一旦反应过来，这些人就没法玩了。所以，她去和他们套近乎，尽量装得土鳖，她扮土鳖真是有天分，这样才能让老外放松警惕，同意我们跟拍。所以……"

"你们表面在拍纪录片，其实是想拍一部反特大片？"

他把大拇指又竖一回，竖得指面直往后翻，又说："你是明眼人，真应该加入我们团队，卖什么假酒啊，屈才了。"

"我哪卖假酒？"

"有人去你店上买酒，拍了照片挂博客上。我好歹也在贵

83

州混了这么久,哪看不出来?刚才本来想装成贵州佬跟你搞推销,但我这声音,化成灰你也听出来。"

这两年他们一直在拍片,就是说,隆介一直在投资,但一个片子还没剪出来。在他看来,主要问题在于凌大花才华太多,横竖都往外溢,多得像是"猴子掰苞谷",一个片子没拍完,她又发现另一个题材,更有一鸣惊人的潜质,于是心思就乱了。"但素材都备在那里,现在只欠一个响炮,后面不愁没有东西接上。"

我感觉凌大花不但是他克星,还颇有洗他脑的意思,现在他开口闭口"我家凌大花",表情还立时变得恭谨。他自己习焉不察,我在一旁看得分明。于是我问,孔雀的事还搞不搞。

"哪能不搞?孔雀一直都在养,徐师傅专门负责,现在都成专家了,产蛋孵蛋,往外卖孔雀苗,已经帮我们赚钱。"

"我是说,孔雀开屏。"

"哪有这么容易?"他挠挠头,说也许孔雀开屏真驯不出来,人定胜天,但总要有几样事物,人怎么折腾都不能取代天然的神力,"但我们一直都在弄,反复试验,成本投入大,你们扔的几万,早就赔进去了。"

"你们真的拍孔雀苗,然后寻找有灵性的那一只?"当年那血淋淋的画面再一次浮出脑海,我记得牢靠。

"当然,变通也是要的。一切都有成本的,你以为我家大花不会算术?"

"那你怎么弄?"

"还是要让它们先受惊吓,为了省成本,我家大花先是买了两筐玩具,那种到处都有的惨叫鸭,你见过的。"

我点点头,那玩具乳黄色,做成拔光毛的鸭子,发出的叫声极为瘆人,不知撞着人的哪处G点,满街满巷到处都挂得有,按了身量大小,价钱不等。我脑补着这样的画面,他家凌大花将一筐惨叫鸭一只只拍"死",由他或者徐师傅换一筐进来接着拍,循环不止。

"效果怎么样?"

"不行,孔雀还是比一般的鸟聪明,拍惨叫鸭,不见血,它们根本不憷。后面还是拍了几筐鸡苗,效果好点,有孔雀跳出来找我救命。"

"现在驯到什么程度?"

"不好说,这种事只能看运气……要是驯出来,你们还收么?价钱能给多少?这几年物价飙起来吓死人,不能是以前那个价码了。"

我只好苦笑,告诉他王局长早就进去了。易老板本来自己想买,但到云南以后遭遇人生最大的滑铁卢,毒砂里面炼金,品位达不到,两个守炉子的还被毒气熏瞎了眼,正找易老板闹事索赔。看这架势,易老板暂时也不会有心思记挂一只开屏的孔雀。

"见易老板不行了,你这家伙赶紧抽脚上岸是吧?"

我告诉他我妈可真病卧在床。他便又是一句苍老的感叹:可怜天下父母心,病得真是时候哇。我说,我其实很享受你用鄙夷的眼光看我,我越来越觉得,我就是你徒弟。他做了一个暂停的手势。

他说他很忙，就不等我结婚，先送了礼金。次日他发来一堆照片，竟是荃湾镇王局长那个旧宅子。说是旧宅，一点不为过，前几年我们还去贺他新宅落成，但现在全然是旧宅的模样。这宅子据说要被法院拍卖，价格按说不高，但即使三不值俩，也要以几百万计。隆介发完旧宅子破落的模样，又说："我要是有钱，买下来，作为自己的艺术中心，挂上最好的一些作品。好歹写字画画三十年，精品也攒了不少，要有好地方，装裱高档挂出来，别人才看得出好。"

我只是想，男人当官也好，从商也好，搞艺术也好，骨子里哪有多大区别？无非赚尽可能多的票子，买一幢豪华房舍，当然里面少不了漂亮女人。

婚后一年多，我主要是想搞大老婆的肚皮，她年纪比我大，身体不是很好，所以我有点急。但肚皮一直没见大起来，我怀疑是不是有那方面的问题，又考虑这问题在于她还是在于我，需要搞精确。但只年把时间，很可能是我想多了，于是我便处在一种并不激烈的焦虑中。我和以前的生活截然了断，变得清静，店子请了一个亲戚看着。贵州批来的老酒渐渐卖不动，一些二三线的牌子酒逐渐替换了柜台里的老酒，我本想弄一家有特色的老酒行，但它自己变得和街面所有别的酒行一无二致，还配上烟和槟榔。

我以前都跟易老板东奔西跑，现在忽然每天坐店，竟然还坐得住，感觉哪里出了问题。刚这么想，易老板竟然打电话来，声音浊重。聊了半天近况，我也如实禀报。

"……我这边正待大干一场,你跟我许多年,搭帮也顺手。愿不愿过来帮我?"

我大概知道易老板的情况:毒砂矿弄不下去以后,又在那边找了一处锰矿,据说贮量大品位高,他把手头所有的钱都扔进去,还拆借三千万,建成五百吨的选矿厂。如若正常开工,每天原矿正常供应,回本是朝夕之功,但他怎么会缺人呢?我这样屁股后跟着走的马弁,要多少有多少,只要易老板手头项目真如他所说,天下英雄云集影从才对。我跟易老板说到生孩子的事,当务之急,于是,他哦哦了几声,分明表示理解。

我熟悉易老板甚于熟悉老婆,果不出所料,选矿厂建好,矿洞的属权扯起纠纷,一直开不了工。易老板借的钱多是高利贷,每月结息,这样再拖半年,债主天天陪他吃饭,就把他吃出心肌梗塞。这时,易老板已离婚,亲戚们的钱又都砸在他手上,动手术的钱都是朋友们帮他凑。

就那一阵,隆介又打来电话,口音又有新变化,他的口音总是能与他所处的环境迅速融合起来,而我听不出他新近流窜了哪些地方。

"易老板的事我知道了哦,竟然救命的钱也拿不出来,真是没想到。"隆介语气倒真是沉重起来,又说,"老乔在帮他筹钱,把事情讲给我,但老乔我是信不过的,他赖过我账。我通过你也捐一点。"

"我这边也有朋友帮易老板捐,你把钱打我卡上,我明天一起汇给他。"

"好的,我尽快。"他说,"你现在怎么样?"

87

"不就那样？当然，也像是换了个人，成天守着店子。我都想不到自己能变得这么安静。你呢？"

"不就那样？"

"电影拍出来了？"

"拍了Ｎ多个，拿去国外获了Ｎ多奖哦。"

"红地毯也走了Ｎ多回了吧？"

"他妈的，名额有限，国外的电影奖也是抠着来的，那个臭婆娘去了几次，都没带上我。再说，奖金都不好意思跟人讲，跟以前单位发奖状发茶杯差不多，但以前奖状还不贴本哩。"

他兜里另一个电话又响，通话只能匆匆结束。我赶忙冲着这新号码发一条短信，说你别再打一个电话换一个号，你要给我一个备用的联系方式。稍后，他给了我一个号码，座机，说是徐师傅家的号。他发消息说，这个号从九〇年用到现在，只要他家不发生灭门惨案，这个号就一直用。很快又追了一条消息：这么多年，我真正信得过的也只有徐师傅，就像易老板真正信得过的也只有你。他打这个比喻让我浑身不舒服，又想他这么忙，未必还有心思玩讽刺。

当天晚上，他打的钱就到账，竟然有两万。我心里面的预期值是两百。那夜，我一时激发了斗志与热情，手指不停，舌头不停，打给易老板曾经的客户，还有当年斗鸡的朋友，死缠滥打要给易老板多募一些款项。我反复跟他们说，易老板算是个好人，不是么？好人要死了，别的好人不应袖手旁观，不是么？他们纷纷说是，钱打过来一两百。

我汇给易老板的有三万五。易老板手术结束，能说话了，他给我打电话，气喘吁吁表示感谢，因为我汇去的是最大的一笔。我说千万别这么说，要感谢就感谢隆介，他汇的有两万。

"没想到。"易老板说，"怎么会是他呢？他是只吃不吐。"

"但就是他。"

"人真是讲不清楚，我在落难，他在发财。但他还认我这个朋友。"

我觉得这跟发不发财没关系，但这时候，哪有心思跟易老板讨论诸如此类的问题？我劝他好好休息，休养生息，以备日后卷土重来。

"我不喜欢卷土重来，我要东山再起。"

"好的好的，我就这个意思。"

那一年因在播种，我滴酒不沾，以此为借口，酒友也不好强劝。虽然，据我所知好些伟大的人物，都是父亲酒后弄出来的，他们基因里散发着酒的芬芳，一辈子有无穷的折腾劲。但我不敢造次，滴酒不沾，深耕广种，但求薄收。年前老婆怀上了，我松一口气，想找人喝酒，这时候隆介咧着嘴露出一口烟牙微笑的样子，忽然在脑海中如此纤毫毕现。他毕竟是我喝酒的师傅，我们来往这么多年，但只有喝酒的时候，我会想起他。

电话当然又遍打不通，问了一些朋友，都没他的消息。有的还说，操，你不提，我都把他忘了。老乔也这样，说哪还联系得上？我问上次募捐你怎么联系上他的？老乔说："我是查到了他那个女人的微博，叫凌大花，还是名导演噢。但微博已经断更几个月了，联系不上。"

89

隆介给我的徐师傅家的座机号,我当时随手一抄,好不容易在一个小抄本上找出来。再用手机拨打,显示对方电话所属的地区,是重庆秀山,离我这不远。半月之内,打了几次,终于有人接。是一个小孩。我说出徐师傅的名字,他说没有这个人。

我说:"怎么可能没有呢,你找找你家大人,一定有。你姓什么?"

"徐桂坤,桂树的桂,土字旁的坤。"

"这不对了么?我找的就是你爸爸。你家有大人没有?"

徐桂坤老实地说你等等,结果电话一挂半小时,才有一个女人来接。"他大半年没消息,过年都不回家,也没汇钱,一定在外面搞了女人。"女人气愤地说。我说不会的,一定是别的什么问题。女人说:"你见到他告诉他一声,他老婆孩子都快饿死了。"我说不至于不至于,并请她记下我的电话号码,如果徐师傅回家,要他给我打过来。"……我这边还有一个项目没给他结账,你一提养孔雀的事,他就知道。"我多加了这么一句。女人沉默了一分钟,叫我报电话号码。

数月后徐师傅将电话打来,在我老婆肚皮已然藏不住的时候。电话一接,对方沉默,我便先问是不是徐师傅。他瓮声瓮气嗯了一声,便咳起来。我问他你那边什么情况。

"什么什么情况?"

"隆介跑哪去了,这几个月,怎么也联系不上。"

"我也见不着他……说不清楚。"徐师傅又说,"有只孔雀,基本上能开屏,你们还收不收?在我这里。"

"孔雀好说，隆介怎么就说不清楚？能不能把隆介的事先说一说？"

"就是找不见了，你联系不上，我也有几个月没见着他人，怎么说得清楚？"

"你是什么时候没见他人的，当时发生了什么情况？这总可以说吧？"

"电话里说不清楚……我这边信号不好，我们是乡里的土信号，不比你们城里。"徐师傅话里带火，倒是以往不曾有的情况，但往下声音又放轻放缓，"孔雀真是只好孔雀，千挑万选才出这么一只，可以便宜一点……"

"那好，孔雀我要看看，再去帮你找买家。"我要他把地址给我。电话里徐师傅心情不好，见了面我能问出全部情况。

我赶去那里是一个下午，徐师傅在村口路边等着我，面色又和以往一样。"孔雀不在我家里养，我老婆有病，发病的时候把屋里的活物都弄死，除了儿子。所以孔雀不能养这里，在我堂哥那边。"

"远不远？"

不算太远，只是山路不好走，眼下又在搞村村通，一路都是走走停停，犹如便秘。

"……女的太年轻了，不懂事。"徐师傅一句话总结。

凌大花拉起来的电影拍摄队伍大多是年轻人，虽然隆介改换了装束并投入巨大的精力去搞运动，仍然改变不了一个事实：他是年纪最大的一个。于是接下的事情就顺理成章地发生了，凌大花和摄影师小项眉来眼去。隆介认为凌大花不能这么搞，私下里就教训凌大花，叫她要注意一点。凌大花一句话噎了回来：我嫁给你了吗？隆介就很无语，他又说这些年你拍电影，主要都是我在筹钱。凌大花很天真地问："然后呢？"隆介就跟她说了一些然后的事，凌大花十分惊讶，说想不到你们六〇后都是这么看问题。

隆介发现现在恋爱跟以前太不一样，不管他为凌大花付出多少，只要她装成跟他不在一个频道，他此前一切努力都将归零。徐师傅好几次听见隆介在隔壁房间叫嚷着："好嘛，搞了这么久，难道我是你爸爸？"

"……道理我是讲不来，但在我看，问题还是年纪，他俩差了有二十来岁，看上去就是一对父女，隆总想管住凌大花，根本使不上劲。在一起也有这么久，但算不算恋爱，凌大花讲了算，隆总给钱时，她当他是对象；和别的小年轻在一起，她又可以拿他当爸爸，全看她心情了。"徐师傅把带有鸡粪味的烟雾喷满了车厢，又说，"现在和以前不一样，隆总为她花这么多钱，还讲不出口，恋爱时候扯一扯皮，别人只能偏向小姑娘。反正，现在年轻人嘴巴里的新词很多，年纪大的脑袋转都转不过来。"

我能想象隆介面对凌大花时，狗咬刺猬无处下口的悲哀。我又想起凌大花那一脸杀气，天生就是用来跟人对着干的。

车在山道中迂回前行，我不得不叫徐师傅停下抽烟，要不然眼睛辣疼。徐师傅说拍电影真是怪事，赚不到钱，拿奖很容易，凌大花把奖杯堆满了两个带灯的酒柜，酒柜还是隆介专门去挑来的,进口樟木,四千块一个,晚上一开柜里的灯,所有的奖杯奖牌都半阴半阳,很上档次。

"那些破纪录片怎么看得下去?我一看就直接睡,要我说,都是隆总花钱买来的。"徐师傅这么嘀咕一句。

但凌大花分明是成了名人,开始频繁接到邀约,出席全国各地的活动,有的是对方买机票,剩下的仍是隆介给她报销差旅。在那些会上,凌大花吊一块牌,头衔是"著名导演"或"著名行为艺术导演",走红毯。"换一身衣服,竟然还是个漂亮女人。隆总说幸好不要我去,走红地毯会要我命呵。"

凌大花名头越大,隆介跟得越紧,像是怕她突然跑了,虽然她真的要跑他也无可奈何。她跟小项越贴越紧,当是隆介不存在,或者抗议他这个人阴魂不散。

数月前他们进到川西找题材,徐师傅也帮着开车一路随行,这些外来的艺术家不熟悉高原地形,一些盘山路段不敢开车。一天向晚,在理塘的磨坊沟一带找一个荒寂的乡镇停下来,就着烧烤喝酒。那天酒喝得并不多,隆介忽然显得特别醉,忽然就像一个小孩,把小项叫到面前。他说你走吧,你不适合在我们这个队伍里。

"为什么?"小项微笑,甩一甩一尺半长的金发。

"不为什么,因为我决定不给你开工资,你没必要再在我们这里瞎耗。"

"你把拍电影看成是给你打工了,不是的。你不给钱我也会干下去,我觉得我干得很好,别人不能替代。至少还有两个没拍完的片子,是我当主摄影,是我的作品,你不能剥夺我的创作权。"

隆介想不到还有个创作权，反正年轻人嘴里的新词汇就是投枪，是匕首，用来扎老人家又准又狠。

"你以为，没有谁是不可替代的？"

"我认为，每个人都是不可替代！"

他比他更铿锵，当时大家围了过去，看着事态发展，有几个年轻人还给小项鼓掌。隆介一时发蒙，稍后忽然飙出一句：我们打一架吧？

所有人一愣，尤其小项，他比隆介年轻近二十岁，身高高出半头，而且业余爱好是撸铁，出来找不到健身房，就学西西弗斯，找一处山地，从下往上滚石头，发泄掉身体里多余的力气。所有人又开始笑，说隆总开玩笑嘛。

隆介说："这一架反正要打。"

"那就打呗。"小项轻描淡写。

奇怪地，那天竟没人相劝，因为都觉得这架打不起来。徐师傅想开口，但那种奇怪的沉默捂住了他的嘴。隆介叫小项开车往远处去，还冲后面所有的人庄严肃穆地说一句，谁都不要跟过来，要不然……他没想到要不然又怎样，扭头就走。

小项开着一辆皮卡，往西边开，那边天色很好看，地势开阔，车很久才开到看不见的地方。而留下的十来个人，不好撸串，不好喝酒，都站着发呆。有人也在渐暗的天色中嘀咕，要不要跟过去看看。凌大花则把两手交叉在胸前说："能有什么事？我们的老板命令我们在这待着，我们就待着。"有小伙说那我们听老板娘的。凌大花还骂一句娘。

过一会儿，是徐师傅吭声了，说去看看吧，隆老板要是出事，往后弄钱不方便。众人这才回过神，隆介其实是很重要的。于是都说，去看看吧去看看吧。凌大花保持着抄手姿势仍然不动，但别的人绕过她，跳上车。两辆车寻着西边一直开。天色虽发暗，却一直没有彻底黑下去，遥远的星光每一点都映亮一大片视野，眼前如此开阔，哪里有人根本漏不掉。

他们先是看见了那辆老皮卡，便将方向盘一打，驶进草甸奔皮卡而去。在车旁边，两人相拥着倒在地上，小项的身体几乎完全覆盖了隆介，但隆介的胳膊像绳子一样绑在小项脖子上，腿也缠绕在小项的腰间，这才让走近的人发现他的存在。两人几乎都耗尽了力气，小项下意识地挣扎，但没法挣脱。众人过去一齐用力，将隆介紧扣的指头一枚一枚掰开，再把他手撇向两侧，手一撇开，两条腿也自动地松开。小项挣扎着爬起来，步态跟跄，像是喝了太多白酒，突然一哕，哕出来以后才能说话。

"他妈的，他根本不会打架，只晓得拼命。"小项拖着哭腔冲别人说，"我要不是让着他，他早被我打死十遍八遍了。"

而被压在下面的隆介，已经昏死过去。

第二天在一个破镇子的卫生院里，隆介醒来，艰难地睁开肿圆了的双眼，第一句话就是狗日的小项在哪。有人告诉他，小项跑了，他被你打得心寒。隆介竟然很高兴，说我这辈子终于也打赢了一回。

伤势稍减，又转到县医院，再后来是徐师傅开着皮卡把他载回自己的住处，凌大花也一直跟着。那一阵隆介心情反而很好，以为自己那个傍晚的英勇表现，终于赢得女人的垂青。当他可以下地走路，凌大花就消失了。再后来……

"……凌大花走了有个把星期样子，那天隆介气色还好，开车出去说要买几包精饲料和蚱蜢，那是喂孔雀的。我没感觉他跟平时有任何不一样，结果，车一开就再不见他人。"

"报警了么？"

徐师傅摇摇头，说当天拿不准，就没有报，万一他哪天又回来呢？过了几天仍没见人，打了一个110，对方叫他去乡派出所登记，也就到此为止。然后徐师傅诉起自己的苦，隆介消失以后没人发他工资，他还坚守在那里，过年都不敢回家，电话索性也关停。

到现在，隆介消失有几个月，我不免有不好的联想。但万一哪一天他又打来电话或者突然出现在我面前呢？这样的事，在小城多有发生，有人突然失踪，几年毫无消息，大家都以为是被人害死，但十年以后他突然又出现，还带着女人孩子，和睦的一家子。消失和死亡最为相像，但怎么也不能算一回事啊。

路又堵上，徐师傅说他想不通，隆介对凌大花怎么这么当真，"像是被草鬼婆（女巫）种了情蛊。"我没吭声，但满脑袋都在想这原因。徐师傅又说："像他这样单身在外，女人的事情，哪会这样当真？来了又走的，不就跟吃饭穿衣一样么？他也知道凌大花跟他长不了，怎么这一回，脑袋硬是打铁了？"

"是啊，你过年不回家，还关了手机，怕也不光是没钱吧？"我诡谲地一笑，不用扭头，感受着徐师傅超时的沉默。

"怎么又扯上我了？"作为老实人，他只好尴尬一笑。当然这时候我也不在乎他的反应，但隆介的事，我突然觉得自己弄得挺明白。当然，我也不会和徐师傅探讨这些问题，我要考虑的是会开屏的孔雀卖给谁。

终于来到徐师傅的堂哥家，很快见着那只绿孔雀，养得用心，绿孔雀昂首挺胸，平视着我，像打架时的隆介一样雄壮。我说怎么让他开屏？徐师傅说："马上马上。"他掐开手机，找到一段音频播放，很快传来一阵拍砖的声音，伴以小鸡苗的惨叫。虽然是第一次听见，我竟觉得熟悉。绿孔雀很快有了反应，脖子垂低一些，浑身瑟瑟地抖起来，稍后果然便将尾羽撑开，在我眼前狠狠地开屏。我没想竟是这样，孔雀在发抖，同时也在开屏，抖得越重，开得越旺。忽然，孔雀尻尾轻微一响，一泡粪就落在地上。

"怎么一开屏就拉粪呢？这可卖不起价格。"

"不总是这样。"徐师傅递来微笑，但我明显感觉他眼神发虚。

"那让它再开屏一次，要隔多久？"

"要七八分钟样子。"

"怎么要这么久？"

"已经不容易了，时间间隔会缩短，但要花时间去弄。"

过了约摸十分钟，徐师傅又摁响那段音频，孔雀果然又在抖动中开屏，不幸的是，伴之而来仍是一泡粪。既然来了，就要看个真切，虽然孔雀的瑟缩让我难过，但我让徐师傅接着来，一次一次用拍砖声弄开孔雀的尾羽。果然，往下几次开屏，这孔雀都要拉粪，越来越稀。等稀粪都拉不出来，它也没力气开屏了。我看看徐师傅，这个老实人，不得不承认，隆介一直试图解决这个问题，好将孔雀卖上价。刚开始，孔雀还"谎报军情"，爱拉虚粪，就是只拉粪不开屏。经过隆介半年调养，孔雀明显大有进步，会开屏，但总止不住拉粪。隆介正在攻克这道最后的难题。隆介有的是办法，攻克最后的难题只是时间问题。只是，他突然消失，他所有的办法也都消失了。

嗍螺蛳

一

那时候，我们学校是在花果山下——全国各地花果山不要太多，我是讲广林市，花果山底下有我母校，省二建院广林分院。

我高考落榜以后接到录取通知书，才知道有这么个学校。高考落榜的麻烦在于，你接到的录取通知书有一大摞，而正经考上的家伙只消收到一张。我妈的意思是，都不要理会，这些野学校！她叫我复读，我已经复读一年，觉得没有再读下去的意义。我说，要么找个学校读几年，要么我跟四叔跑车也行。我妈说，那你选一个学校。我本想往远处选，也有从北京昌平房山寄过来的通知书，还有更远的，从海南儋州、秦皇岛和齐齐哈尔寄过来的。齐齐哈尔那张通知书寄过来当晚，出去吃喜酒,我爸我妈都记不清,跟旁边的人聊这事情,我妈说哈尔滨有学校收我,我爸说的是乌鲁木齐。旁边的人向我求证,我说是呼伦贝尔。

我想往北京去,房山或者昌平,不管怎样,转几路公交车总是能看到天安门。我爸说玄乎,这种事情不要相信诗和远方,遵循就近原则吧,到时即便上当受骗,都能翻墙跑回家。他把野学校筛一遍,得知这个省二建院广林分院以前就是建筑中专,忽然想起来,有个同学在那当老师。

我爸他们这一辈,都特别认熟人,虽然平时吃的多是熟人的亏,得了熟人帮助,事后却知道,没这熟人事也能成。我看出来,我爸办事不找个熟人,心里总是发慌。因为我爸这个老同学,我的去向就这么定下来。

我爸送我报到时,专门联系他那老同学阙光弟。一般来说,招弟连弟引弟,名字里带有"弟"或者"娣",都是女的,阙光弟实在是个男的。去的路上,我爸讲起这个阙光弟,他母亲能生,一口气生六七个都是男孩。都想要男孩,生多也嫌,到底是物以稀为贵。他父亲就说,还是要女孩吧。遂给他取名光弟,意思是从他以后,弟弟就不要啦。又据说这一招确实奏效,阙光弟排行老七,下面还有个妹妹,然后他父母就收工。

我爸把阙光弟邀出来吃饭。上了桌,他老婆儿子风卷残云,后面剩小半盆鸡汤也打包,汤汁滴滴答答落入塑料袋,束紧。我爸问,你儿子在哪读书。阙光弟说,读个屁书,看不出来么?我自己教他。他儿子长得像当时颇为红火的天才指挥家舟舟。其实无论哪个市县,都有长得像舟舟的人物,在广林的花果山下，正好是阙光弟这个儿子。

他儿子一边吃饭一边开心地笑，发出一种类似于猪拱槽的声音，我听出一种莫名的欣悦。阙光弟抹着嘴皮，说我不带一年级，不会给丁小宋（即我，笔者注）上课。你家小宋文章写得怎么样？学校文学社正好是我负责，他要是能写文章，甚至喜欢写文章，直接进文学社。我爸说，比我写得好。阙光弟噗嗤地说，丁家栋，以前庄老师上作文课，读得最多的就是你的作文，每一篇都是经典的反面教材。我爸老脸一抽，叫我自己说，文章写得怎么样。我说有其父必有其子。

其实我也偷偷写散文和诗，那个年代嘛，但不屑于让我爸知道。他即使知道，跟一帮工友瞎吹也说不到点子上。我也不稀罕混文学社。读过的初中高中都有文学社，文艺青年凑一起，互相激励，头脑极易发热，然后省吃俭用，急着当作家，发表作品。攒了上百块钱寄出去，半年后收到几本厚厚的书，自己的作品夹在里面也就几行，顶多一页纸。他们还要赔几斤笑脸，才能把那些厚书打三折卖给最铁的几个兄弟，再拿卖得的钱请客，要不然铁兄弟从此不那么好使唤。

既然吃了请，阙光弟总想帮我做些什么，问了一通，知道我带了蚊帐却没带撑蚊帐的竹竿，说他家正好有两根。他要从家里抽两根竹竿送我，他儿子还哭闹，不让，于是阙光弟不得不把儿子打一顿，这样两根竹竿才到得了我手中。

当然，这事情是翻过年头，从麻烁嘴里听来的。

中专改大专，我们这学校毕竟抢了先手。好不容易读到高中毕业，大家还是想起码有个大专落脚，虽然招高中生的中专都好分配，面子上实在挂不住。那两年，省二建院广林分院（简称"广建"）也扩招，不缺人，但宿舍不够用，新生挤进老教学楼，一间老教室有十八架铁床，住三十六人。厕所蹲位要排队，水龙头也不够用，打架斗殴很快发生几起。有些人吃完不洗碗筷，有些人索性不洗澡，油垢聚多了一块一块撕下来，没住多久房间里味道极重。所以，那时候我们纷纷开始抽烟，老师装没看见，这算人性化管理。"集中营"的叫法简直一传就开。学生去外面租房，学校是默许，这也算人性化管理。

头一个学期，我和班上三个同学去三里地之外的蔬菜村找到一处出租屋，前面有院坝后面有猪圈，中间是三间平房。那一家人出去打工，房子空下来，家当塞进一旁亲戚家的杂物间，亲戚就当上房东。租金一百二十元，每人摊三十元。我们班的同学都啧啧赞叹，眼里发馋，说我们租这地方是踩了狗屎，住着豪气。两间侧房用来住人，两两住一间，床很大。中间用来开伙吃饭，我们还计划着院里种菜，屋后养猪，说说而已，真要干没人拿得出决心。

那时我和李满生住，他不但长得帅，而且有口才，不但有口才，而且几乎没几句真话，这样的家伙从来不缺女朋友。当时他找的小鲍，在花果山东头教育学院（简称教院）读书，专业是英语，口头禅是法克尤。我经常要给他俩让房，小鲍进来我出去，没地方去，当然就上花果山。

上花果山的路我们都爬过很多次。山是很普通的山，西头有一大片苗圃，东头有个寺庙，叫雷公寺，刚建成不久，院中心一棵塔松真被一道惊雷斜劈，断口焦黑，从此香火不旺。我走进去，看那荒败的景象，看着半截泥菩萨前缺了香炉碗，总以为李逵必是在这里扒了香炉碗给他妈舀水喝。此外，山上见不着什么果树，多是杂乱的草木和石头，山名不知道怎么得来。

有些名字好，大家都爱用，处处见得着，就像客栈取名"如归"，饭店取名"好再来"，路边透着粉红光线的美容厅爱取名"君再来"。满生还做过研究，说为什么叫"君再来"——前面隐了"何日"两字。我觉得这有些牵强，但满生的研究结果丰富着我们青春期干瘪的日常生活，谁计较他的思考是否严谨呢？类似的说法，满生嘴里层出不穷，比如身高，我们说一米七几，他偏要说五英尺八英寸。我说，英尺英寸一讲，你一米七二就成了矮个。晚上睡一床时他才告诉我，你晓得个毛线，我这是谐音，懂吗？英寸，谐音"阴唇"，有没有？我吐一吐舌，说你真想得出来。他说，有个作家，文章里写，在他年轻时看见带女字旁的字，就会兴奋。我呢，女字旁都用不着，直接兴奋。

我能说什么呢？

花果山说是市民公园，但有人收拾的区域与荒败的区域彼此间杂，本来还有水泥路，往前稍一走又是荒郊野地，据说抢劫的事也时有发生。一个人上山，不敢太过随意，眼见着路窄人稀，荒草没颈，就要掉转脑袋往回走。

入学不久，不免认识一些老生，他们都说在这花果山有意外收获。晚上甚至白天，往荒草滚团的深处钻，会碰到野地里撒欢的青年男女。而且很多老生表示，"这是我头一回开眼哦。"

我很奇怪他们怎么都这么幸运，在花果山野地里纷纷完成了自己的性启蒙。现在来到这破学校，读书没得指望，有开眼界的事情，我怎么按捺得住？我独自一人上花果山，冒以风险，往石棱突兀、野草吞人的地方钻，似乎总能听见不远处有窸窣声，遂匍匐前进，滚一身泥，最好的结果也只看到两只流浪狗的交媾。我总怀疑他们合了伙哄我，那种事哪是人人撞得见？

老生偏就说得有鼻子有眼，说花果山一年下来少不了几次抢劫，基本是抢这些野地苟合的男女。那时候，宾馆很少，又得记录在案，所以男男女女，热衷于天半黑的时候，钻到野地里撒欢。尤其那些有好单位揩足油水的，找个女的不知哪来的，野地里一旦碰上，直接管他们要钱。地上两人搂得死紧，不敢动弹，男的会跟黑暗中冒出的一众好汉说，兄弟你只管掏我裤兜，钱都拿走，拜托身份证留下来哈。这帮好汉，得了提醒，掏完人家裤兜还用电筒照亮身份证。证件倒是扔给地上的人，但这一路下山，他们会大声朗诵人家的名字，讲出人家的地址，再高声叫唤，要不要看打野炮，不收门票哦。既是山地，声音四处晃荡，还有他们的笑声，触发了杂乱的狗吠。

我掐着时间，满生再狠，也用不了两个钟头。事毕，满生也懒得和小鲍一再缠绵，他说高潮过后便是无尽的厌倦，不用虚伪；再说他也不像当年，一天两餐三餐能串起来吃，中间都不用上厕所。我回到房间，跟满生睡一块儿。这杂种老说我又赚了，小鲍的体香我闻得不比他少，他还告诉我，那是正宗鲍鱼的味道。我想用力去闻鲍鱼味，但满生汗味盖住一切，天花板上又总有猫捕老鼠，聚酯板被踩得山响，随时都会踩塌，干扰了我的注意力。我从来没弄清鲍鱼是什么味。

满生描述他和小鲍缠绵的过程,却是绘声绘色,嘴巴一动,满脸贼光,手指也翻飞,说得我头脑中画面不断,有如实况录像,逼得我很想看现场直播。满生说话时会突然往我裆里一掏,要是发现我硬起来,就拽紧,像是抓住了把柄,以此胁迫我帮他买避孕套。

我买来套子,每一盒用细针随机地扎破两枚,不多也不少,只两枚。满生一直没有发现,但也一直没见他搞出事。小鲍照样来,事毕照样走,肯定没发生过堕胎和与此相关的一些必要皮绊。我都怀疑满生跟小鲍没什么状态,跟我过嘴瘾时才来状态。我们不睡一床的时候我才想到,当他说到兴奋处,我怎不去抓他的把柄?悔之晚矣。

第一个学期结束,我们自然想保留这套平房,房东要求寒假一个月的房租交上,才给保留。我和满生好说歹说,房东答应让二十,交一百元整就可以。住对面房的两个同学不干,说寒假又不住,也不会有别人这时候租房,交什么交?开学时候直接来租。房东说,那你们等着看吧。春节过后,返校,小院仍是空的,房东却坐地起价,说要一百七。要是年前先交一百,享受原先的价格。这时,我们才深切地觉得租到这里确实不错,相比别的同学,我们简直是住别墅。我们四人合计,每人多掏十块钱,房租给到一百六。房东说,必须一百七。满生说,一百七怎么平均下来?房东就笑,你们有钱,十块以下破不开了?兜里抠不出五六角一两块?饭票也可以啊,有时候我还去你们广建食堂凑合。

梗着那十块钱谈不拢,我们只好换地方。这时房子不好找,该租的都租了出去。班上女生说,从花果山南边那条道往上爬,半山腰122号宅子,出租房很多,几乎算一处学生公寓。

二

说到花果山南边道半山腰有出租屋,大得像学生公寓,我们都有印象。那屋六层高,上面打水泥平顶,不封顶,显然是通过租金的积累,隔几年又往上加一层。附近的楼都这样长高,每一层楼建成年头不一样,糊墙灰一块一块,像补疤一样有明显的区隔线。那一家出租屋体量在那一带最大,我们上山老远看得见,像个碉堡楼。去了一看,122号果然就是那一幢。穿过正门,有个天井,整幢楼呈U字形,是三栋楼组合。中间那栋用于衔接的楼只有三层,房东自住。房东是一对老夫妻,女的胖男的瘦,都戴眼镜。我们去的那天,身边进出的租客还叫那女的赵老师。这里女租客不少,满生自然眼睛一亮。问了价格,有双人间和四人间,按床位收,双人间一个床位一月十五块,四人间少两块。满生问有没有单间。被叫成赵老师的老女人就扶一扶圆框眼镜,问他怎么要租单间。满生说我打鼾厉害。赵老师又问怎么厉害。满生说,上床穿着裤头,早上起来裤头都不见了,找了好久找到原因,是被自己的鼾响震脱的。我们讲话的地方是在大门旁边,赵老师守着一个杂货店和一部电话。这时,旁边有两个女学生买方便面和卫生纸,她们听了笑得直哆嗦。这正中满生下怀,他无非是看到女的长得还漂亮,为引起她们的注意，现洎。单单面对一个老太婆，他可没这样的闲心。

……跟我老太婆，你不要讲这些痞话。

赵老师一激动嘴角就哆嗦，胖白的脸上泛起紫黑色，尤其那嘴，乌得像吃多了桑葚。她退两步坐下来，喘平又说，楼梯间有个小单间，一个月十八块。满生说要看一眼。赵老师说就这一个单间，要就要，不要就不要，不看。满生说我要。赵老师这才把一大串钥匙取出来。后来知道，原先租价是十六块，加两块钱包含了对满生的惩罚。

这里租房规矩多，赵老师详细交代了一通，我们本是当她放屁。哪个房东不会来这么一通呢，不过是为免责，后面若有事，房东说我先前交代过的，没想到……云云，责任都要推给租客。赵老师却是认真的，交代完一堆规矩，大声朝那边叫喊，老何老何，过来，拿合同。

老何拿来一份打印好的租房合同，赵老师嘴里讲的规矩在合同上有相应条款，并要交押金五十。五十并不少，那一年，很多同学月生活费也就一百出头。赵老师说，只是押金，只要心里没有鬼，就不怕签字；心里有鬼，想借我这地方搞丑事，尽早滚。赵老师要满生押六十，因为"单间就是不一样"，还叫老何改合同上的条文。老何举着放大镜，找地方花了三分钟，落笔改数字花一秒钟。我以为满生要抗议，要和赵老师争辩几十回合，但他安静地把钱交了。后来他告诉我，这老女人有心脏病，不惹她。满生母亲也是心脏不好，死了许多年，据他说最明显的就是嘴皮发乌。赵老师的乌嘴唇让满生想起亡母，一想起亡母，没心思计较那十块钱。

　　规矩多，但这里房间基本住满。进门右手边那一栋楼是男舍，往左拐是女舍。女舍要从赵老师把守的杂货店穿过去才能到，下面三层走廊装了防盗网。男的不能进女舍，同样，男舍原则上不让女的进入。附近做生意的小贩，两口子来租，赵老师一律拒绝，说我们这边男女是分开住。也有人单独来租，赵老师也要仔细询问，结婚了没有？结婚的也不租，另一半指不定哪时候来，到时不让人家夫妻进屋互诉衷肠，也说不过去，但放人进去，又坏了规矩。

　　因管得严，学生家长就喜欢让小孩租这里，毕竟有赵老师这样铁面无私的人看管。夹在女舍男舍中间的三层楼，赵老师两口子住不完。二楼是浴室和洗衣房，浴室用一次六角，洗衣5.4公斤以内都是一块钱，洗衣粉自备，要么加一角钱。加一角钱，赵老师给的量和老何不一样，差一倍不止，这事也要看运气。一楼是食堂，老何自己掌勺。他以前在政府机关管大食堂，说是犯了什么事情被辞退，回来操持这么小一个食堂，老何的能耐绰绰有余，每一道菜都油光水亮，价格不贵，但不对外经营。租客提前一天报餐，老何用小本子记，并高声唱报：李满生中餐一份，丁小宋中餐一份晚餐一份，江瑛妹晚餐两份……声音在U形楼中层层激荡。

　　江瑛妹每晚都报两份饭，一份不够量。她跟我们一个学校，高一届，建工46班。我们认得她，进学校有宣传栏，其中一栏是光荣榜，她的照片挂在里面，尺幅比别的人大一倍，想不关注都不行。去年学校运动会，她打破几项纪录。其中一项是扛隔火砖。建工学院的运动会，也是要搞特色，扛砖是重要的一项，隔火砖散放在地上，运动员用一根麻绳绑砖，绑好了腰一挺，扛背上往前走，走两百米就是终点，算成绩先数砖块，同样的砖块再比用时。去年校运会，江瑛妹第一次参加，上了场所有人才发现，她是为此而生。她用的麻绳比别人粗，显然心里有数。绳子先折叠铺地面，垛砖一层四块，码起来再用绳子一绞，一下子扛起六十七块砖，两百米，走得稳稳当当。本来是六十八块，有一块不是松动，而是绳子绞碎掉下来。这纪录让整个学校的男生蒙受羞耻，也是没法，因为这女的一下子把两年前一个男生创造的纪录甩开九块砖。九块砖呐——那时候布勃卡正年年打破撑竿跳高的世界纪录，每次只破一厘米。别人只想打破世界纪录，布勃卡却想打破世界纪录次数的世界纪录。江瑛妹破的一项纪录，换精打细算的布勃卡能拆成九项。

李满生认得江瑛妹，两人以前都在同一个乡中学混，朗山县竹梁镇初级中学。李满生说读到初二，还根本看不出江瑛妹有一天能长成这样。那时候她瘦。我在食堂看着江瑛妹，她往那一坐，身体两侧溢出的肉团，能各挤占一张座椅。我实在想不出来她瘦的时候能是什么样子，除非我是一个老屠夫，能从一堆白生生、花麻麻的肉里看出一副清奇的骨架。满生说，这确实要亲眼见到，不然我也不相信。而且，那时候江瑛妹不难看，甚至在竹梁初中里还算好看的。当然，在那地方要好看也不难，因为饿啊，女孩个个脸上都是菜色，脸皮难得有几个好看的，这样就把她衬托了。因为，当时她还能吃饱，脸皮独自饱满。没想到,后面她吃得太饱,迅速膨胀,长成今天这样。我问,以前你是不是也打过她主意?李满生说,轮不到我。

只有吃饭时候,男男女女可以在食堂坐到一堆,讲一讲白话。本来,男女坐一桌吃饭讲话,不是稀罕事,在学校食堂里都这么干的,但到这出租屋,在赵老师眼皮子底下,这样的场景反倒显得珍贵。满生那张嘴天生用来惹女孩,起先他凑近那些女学生,同校或者别校的,她们会装得防着他,见他嘴皮一动,就知道来了个老手。没过几天,女学生就会主动挨着满生,听他摆故事。那时候,还没有手机,也没有呼机,嘴巴是一个很重要的工具,会讲的人身边从不缺听众。满生摆故事,主角尽量是他,失恋也可以每天讲一段,不重样。这是一个吸引小女孩的话题,满生能把失恋讲出很多花样,而且一点不狗血,听得她们一阵阵遗憾,甚至脑袋一抽,想用自己来终结这个可怜男孩的失恋史。有时候,江瑛妹坐得离满生不远,满生的失恋故事偶尔也飘进她耳朵里,她便把牙一龇,非常不屑。他俩作为同乡,没什么来往,撞面招呼都懒得打,硬生生擦身而过。

那时候的女孩都爱看琼瑶,而满生看曾经的禁书,大字影印,绝对足本。后来我意识到,看小说也是有段位的,而且段位之间可以形成碾压关系。我意识到这一点时,女孩纷纷改看张爱玲了,心头揣定一段风华绝代,一个比一个滑溜。

赵老师火眼金睛,很快看出满生是个隐患,女学生们哄笑时她就走向这一桌。一走到跟前,满生马上改讲世界新闻、台海危机、现代奥运百年……那几个女学生也扯起耳朵听。有的还按既定的节奏,奉送笑声,一看周围的人都不笑,才把满嘴好牙敛紧。

赵老师抓不到把柄,趟趟扑空,感觉不爽,有时候索性骂她家老何。

老何老何,今天蒜苗炒肉,见红不见青,你钱多花不完啊?什么……蒜苗一块两角七一斤?你多加些青椒会死啊?

我日个怪,老何,今天的蛋花汤,一碗汤里漂一个蛋黄?你个杂种,每个女的都刚刚生了孩子,要你伺候?

老何,你今天拖地拖出几个坑了,你是开压路机拖地?

……

有一次,赵老师张嘴喊了老何老何,老何赶紧走到她跟前,一如往常,摆足一副挨打相。赵老师一时不知道找什么茬,憋红了脸,忽然指着老何鼻头说,老何,我×你妈哟。老何说,赵丽群,你不要×我妈,我妈她都死掉了。赵老师脚一跺,铿声说,何焕青,就要×你妈。老何头一垂,说,好的,×吧×吧,扭头走回了厨房。

赵老师饭桌边骂老何,口水喷溅,覆盖面辽阔。满生讲着讲着,自己感到没鸟意思,跟几个女粉丝说,吃饭吃饭,下次讲。哪个肥肉吃不完,夹给我补一补。

满生的段子不是白讲,他的灵感要兑换好处的。他先前那个女友,据说有鲍鱼气味的小鲍,春节返校不久就跟他分手。小鲍是写一封信,从教院寄到八百米外的广建,挺有文化,字都是用红笔写。满生放下鲜红信纸,说哪有这样的事,要去找小鲍，看看谁敢撬他墙脚。满生拉上我，趁周末查了一天，没有找到人，但从小鲍室友嘴里撬出情况，城南警校一个黑大个现在带着小鲍。

往回走的路上，我问他，满生，你看这事情怎么搞？满生说，你也知道，我李满生什么都缺，只有女孩不是稀缺品。

不出意外，搬到122号公寓第二个月，满生就惹坏一个妹子。妹子姓覃，是教院再过去一点那个民族师范中专的，专业是学跳舞，身体细高，一颗圆脸挂在最上头就不显得那么圆。我问满生，看上覃妹子哪一点。他说，只看上一点怎么行？我是看上了三个点才下手。但我都看出来，覃妹子身材这么匀称，线条流畅，基本找不出上面两个点挂哪里。

我想知道满生哪时得手。这也是枯燥生活中的一丝乐趣，但并不容易，现在他独自住单间，不需叫我让床。

一天晚上，很晚很晚，或者次日很早很早，楼下面忽然翻涌上来赵老师尖厉的声音。我一醒，又听到沉闷的踢门声，一下，一下，又一下。我们全都醒来，套一件衣服循声往外走，隔壁几间房的人也纷纷往外冒头，问怎么回事。

挤到楼梯口，就全看见了，赵老师在踢楼梯间的门。这时，我并不感到奇怪，这有什么好奇怪的呢？迟早的事。

我也帮不上什么，身边不知是谁递来一支烟，就一同喷烟雾。我们头顶有一盏灯，五瓦左右，微弱地撕开一团夜景。我们人头攒动，烟雾缭绕，俯瞰下面，赵老师就在眼底。她忽然一脚发力挺狠，收脚站不太稳，戴斜了眼镜，又扶正。接下来三四分钟，赵老师踢了十七八脚，门是好门，嘭嘭的响声异常笃定。赵老师又骂老何,老何老何,寒冬腊月哦,你狗日的起不来床?老何便在光晕中现身,又补两脚。门仿佛认人,不待老何搞第三脚,忽然打开。满生走出来,衣服穿好,似乎比白天还整齐,远看还打了领带,其实是内衣上的印花。

满生说,赵老师不要踢了,门是你家的门。

赵老师说,还有一个,走出来。

你看错了,哪有?

我会看错?赵老师仿佛在笑,又说,没有人,你怎么半天不开门?

满生自然还要狡辩,像他这样的好汉,视死不认账为基本的心理素质。他扭头一看,楼梯上那么多颗脑袋,便用商量的口气说,赵老师你进来,我们单独扯这个事。说着,还想靠近一步拽赵老师。赵老师敏捷地退一步说,不要碰我!而老何应声往前一步,将自己干瘪的身体塞在冲突双方中间。赵老师又说,你们两个都给我滚出来。满生脸一拉说,为什么要听你的?我们也是人,也有人权,不是么?我出来,我认账,我负一切责任,够不够?赵老师说,不要跟我老人家摆人权,只晓得你住的这间房是我的,你搞坏事是在我地头,污了祖宗的灵位。你们不出来,我一个老人家当然没办法,但我相信,110会让你俩马上现原形。

满生犹豫一会儿,仰着脸转向我们,一时无语。微弱灯光,唤起重重暗影,这时全都堆到他的脸,似有分量,压迫他一时睁不开眼。稍后,他朝我们说,各位大哥,今夜醒了你们瞌睡,老弟道个歉。你们做做好事,都回去睡,天亮了请你们到广建门口吃早粉。没人回应，满生牙一咬又说，猪脚粉加卤蛋！

我也说，帮帮忙，都是同学，睡吧睡吧，睡醒了好好地吃蛋吧。我操动其中一个，又拽走另一个，别的人也拖着步子离开楼梯口。我看着他们各自归屋，听插销的响声。

回到床上，哪又能睡，我们扯起耳朵听外面声音。满生到底一张好嘴，很快把赵老师的声音压低，擒贼先擒王，摆平赵老师，老何也自不在话下。毕竟是在山腰，夜空又起明月，山上乱窜的野狗这时叫得像狼。

天还未亮开，满生敲门进来，找我来帮忙，室友也围过来给他打烟。他说，赵老师讲，要我给她家刷屋，要不然押金不退。我问，怎么个刷法？

赵老师的意思，是要满生买来888，将屋子墙皮重新刷一遍，让墙体重归纯白，看不到一点"喷上去的痕迹"。我说有这么多痕迹？满生也委屈，说都是光棍往里面住，晚上憋胀，哪能不往墙上喷？现在全都赖在我头上。

不但要刷这边楼梯间，赵老师要求，还要将对面楼里一间女舍也刷一遍。虽然事情不在那边发生，但那间房"被熏得骚烘烘"。女生那边，满生这样的家伙没有资格进去，只有我替他。虽然室友表示愿意效力，他们也想看看女生的宿舍是什么状况，有什么气味。满生还是把这事托付给我。

当天正好周末，满生去最近的建材市场买来一桶888，两个滚刷。我俩分了桶，我拎半桶进到女舍，上四楼找405，见小覃站在走廊里刷牙，神情怡然，不像刚惹下是非。见了我，她用手势打个招呼，好歹也算熟人，然后水杯随手一搁，跟在我后头，看我搞什么。我不看她，隔得近，听见牙刷一直在她嘴里上下划，有豁豁的冒着泡的声响。

那间房在走廊尽头，双人间，显然不是小覃住处。有一个下铺刚刚搬空，另有一个女孩正在转移自己的家当，搬到隔壁一间。我止住好奇，没问是哪个，她们说出名字也没用。住这里的女孩几十个，来自周边好几个学校，我没法让名字一一对应嘴脸。心里便暗骂满生，狗日的，你还玩声东击西。

一桶888正好刷完两间房，满生领了押金，又拿那妹子的押金条领回五十块钱。走时，满生想在杂货店买包烟，买包好烟，赵老师大声说，不卖。

三

麻烁接满生的后脚，搬进楼梯间。满生走后，赵老师还嘟囔了好几天，说好好的屋被骚牯子搞坏了，以后广建的学生来，一律不给租。老何说，要对事不对人，小李做得不对，广建其他孩子我看挺好。赵老师说，何焕青，你看着眼馋了？老何苦瓜脸一拧，不吭声。

楼梯间刷过以后，好长时间弥漫着888粉的气味，呛人。有人来租房，钻进去马上出来，仍要大口换气。闲置半月，麻烁来找房，他鼻子肯定有炎症，是唯一一个不挑气味的租客。虽然也是满生的校友，赵老师"破例"把房子租给他。

租之前，赵老师还进行一番询问，声音很大，就像老何唱报谁订了餐，让楼里的人都听到。

你是当班干？好的，人小志气大嘛……

还是文学社的副社长，发表过没有？《广林电视报》？这个我订过……

没有女朋友吧？

赵老师盘问麻烁的时候，我在那里买烟，买五支以上就送烟壳子。赵老师不肯拿原装烟壳，抽屉里翻出一个老烟壳递我。问他有没有女朋友，麻烁笑着答，怎么可能呢？赵老师眼光由下到上将他刷一遍，估计也骗不了人。麻烁个矮得有些醒目，一米五几，瘦骨嶙峋，牛仔裤穿成大裆裤。脸又是娃娃脸，白净，找不出一颗痘，也看不出被荷尔蒙折腾的痕迹。赵老师压低声音，要他交八十块押金，说那间房刚装修过，你看到的，雪白透亮。麻烁说能不能少十块钱？赵老师说，看你有文才，可以。这样就成交。老何及时掏出合同，再改那个数字，手脚飞快。

麻烁是校文学社副社长，并非随口说说，他把这当个事。挑楼梯间，也是有目的，空间虽然狭小，但可以一个人支配。我从楼梯口过，每回都见里面塞满。两三个人塞得满，五六个人还是满，仿佛那间屋子有弹性。人挤在里面，是在讨论文学，我听见他们讨论一篇武侠题材能不能上文学社的社刊，讨论一篇散文是不是抄袭，讨论一个标题超过了十五个字还叫不叫标题……有一天，又走到楼梯间门口，一个陌生的家伙忽然站起来，手指往屋外一撩，正好指着我，一时蒙圈，什么时候惹了这厮。这厮"啊"地一声拖长，人家是要读诗。我搞不懂，读诗就读诗，为什么要"啊"地叫一声？正这么想，听见背后麻烁的声音说，李悄，不要总是"啊"的一声，坏习惯。这首诗哪有这个字嘛。我这房间小，以后不能"啊"。被批评的人咳一声重来，果然不带"啊"，不报篇名和作者，直接第一行。看得出，麻烁虽然个小，说出话来在文学社社员当中有分量。

麻烁屋里随时有人，并不是摆来架势讨论文学就聚人气。屋子中间摆一张骨牌凳，上面从来不缺一盘瓜子，夹杂着花生，还会有一盒烟。烟是精白沙，赵老师店子里拆卖五角钱一支，但麻烁掏出来都是整盒。十五块钱可以将一个床铺租一个月的时候，十块钱一包烟是什么概念？我印象中，喜欢呼朋引伴的家伙，手头不能紧巴，性格要大方。关于文学社，我也略知一二，通常情况，里面混的离不开三种人：头一种，自然少不了动笔能写的；第二种，是好这口而能力跟不上，聚会时舍得往外贴活动经费；最后一种，也必不可少，就是文学女青年。麻烁写得怎么样我没看过，最起码，他能当里面第二种人。他们经常讨论，主要为编那份刊物，名叫《木叶》。头一学期，有一天在校内碰见阙光弟，手里搂着一沓杂志，是最新一期《木叶》，油墨带着一股焦糖气息。他冲我说，丁小宋不要走，拿一本！我就拿一本。这杂志做得比周围其他几个学校的都考究，虽然都是油印本，《木叶》用光面牛皮纸当封皮，上面还有繁复的线条画，油墨有蓝黑两色。书脊也糊得有棱角、有厚度，不像许多学生刊物，订书机揿两下，四个边都敞口，纸页分明。

牛皮纸光面太光，油墨不稳，我接过来不慎触摸封面，线条就涣散，油墨变干后现出我掌心纹理。

那本《木叶》，上学期有人拿到校食堂叫卖，每册定价0.80元，标在封底。一开始卖不动，后面有人想招，里面夹一张奖券。号码是手写的，每期摸两个十块钱三个五块钱十个两块钱。有了奖券，销量见涨，但很快被校方禁止。奖券是有价证券，私印都犯法，何况手写。奖券的事一查，油印杂志自然不能有定价，这也犯法。不久我便知道，奖券和定价都是麻烁想出来的。这人有商业头脑，对钱敏感，平时装作读书，在外面必有找外快的门路，无怪乎精白整包地买，往外散一圈手不抖。

某一天，我发现自己忽然想混他们文学社。那年月，时间多得像是打批发到手，再一点一点拆卖，日子异常煎熬，每天等不到天黑。楼梯间里的热闹，我多看几回，便简单粗暴地羡慕起来。他们以搞文学的名义凑一起打发时间，仿佛比凑一起打牌高个档次。当我想混的时候，才发现不知如何敲开这道门。去年阙光弟好心叫我加入，当时只要点头就完事，我偏不理会人家的好意，现在又如何开口？忽然明白，每个人都要为自己的清高付出代价，我也不例外。

正犹豫着，就撞上了。那天我下楼梯，见阙光弟走进楼梯间找麻烁。我往里面张望，阙光弟看见我，欣悦地叫我，并问我是不是也住这里。我顺着话进去坐，跟麻烁也打招呼。每天看得见，却第一次打招呼，感觉有些古怪。阙光弟向麻烁介绍，这是我一个老同学的儿子，姓丁，去年刚来。麻烁张口就说，你拿两根竹竿就是给他啊？

他俩记性好我不奇怪，写文章最靠记性，但麻烁连那两根竹竿都摸清楚了来龙去脉，我只好意外。

这时赵老师冒了出来。楼梯间随时有人，她也随时似不经意拐过来察看。阙光弟跟赵老师认识，打了招呼，并说这几个都是我学生，赵科长以后多照顾一点。赵老师眯起眼睛，说他们几个不是一个年级的哟。阙光弟说，老师难道只教一个年级？赵老师一走，麻烁问她以前是哪里的科长。阙光弟说，以前是在我们县民政局，后来调市里，一直当科长，管结婚也管离婚。

我家也在民政局旁边，知道那种职位。只要两个人凑齐，出具相关材料，赵科长一点头，手下便挑一挑皮色（离婚证比结婚证红得更深动），开单跺章。所以……有人来租房，声称自己是单身，不会惹事。赵老师瞥一眼，说你不是，硬是不给租。一个人是结是离，有无伴侣，有无牵绊，面相都有相应信息。赵老师见得太多，一眼准。

阙光弟打这一声招呼，最直接的作用，是麻烁在屋里架了一个电锅煮东西。租房合同上写着，出租屋里不能接电壶和电锅。现在有这例外，是麻烁人缘好，且有人脉，别的租客没法比。或许有人跟赵老师讨要说法，赵老师有得是理由，说人家单间，人家押金八十，人家是文学社领导，人家天生不找女朋友……总之，人跟人不能比。这就成了一个特权，麻烁在赵老师眼皮底下开伙。电锅是麻烁从家里拎来的，盖子丢了，用一个菜盘倒扣，大小合得着。他喜欢涮菜，先要做汤。一碗水一个筒骨，葱姜油盐辣椒，再加两角钱的卤料包，煮出一锅火锅稠汤。锅小，汤很快滚得跳，中间漩起暗白油花，滋起细小油沫。肉片一放，卷入沸腾之处，很快断了血色，附满汤色，一咬全是味。汤清了加猪油，汤淡了添盐，汤浅了倒白开，汤溢了舀出泡饭。

麻烁这人有事总会想到大家，一声招呼，四五个人凑了碗筷去他房间涮菜。小小一口锅，看似一人份，但两三人能吃，四五人照涮，筷子一多，手一粗，不要同时，讲求时间差，此起彼伏。既然有阙光弟引荐，我也算入了伙，涮菜我也有份。看那场景，屋子那么窄小，人挤挤挨挨就像地窖里放红薯，偏生有气氛。大家打平伙，人均一块钱涮小菜，人均两块能涮肉，但肉要看手脚快不快，每个人都不客气。每一次买来的肉只嫌少，一开涮，筷头飞动，肉很快从视线里消失。往下打发时间，麻烁就挑几筷子剁椒一筷子猪油，保持汤的浓度，再下芽白杆子，嘎嘣嘎嘣吃开，一样有滋有味。芽白杆子，一角钱能买两斤。屋子那么小，声音又是零乱，嚼出味道，还嚼出一份同甘共苦的态度。

那时候，只要有人请，从来不缺吃客，各种吃相横陈眼前。谁能想到若干年后，请人吃饭不如请人流汗，去喝酒涮肉成了每个人的负担，交情过得硬才肯来陪吃消夜？也就二十多年时间，回忆里一对比，感觉有那么点诡异，有那么点穿越。也忽然明白，真正开胃的永远不是菜肴好坏，而是腹中怀有饥饿。

我实在是个受益者，一加入文学社就能吃火锅。有一天晚间照样涮菜，人太多，一旁的李悄偏又是左撇，我俩胳膊再小心也撞上几回。他脸一扁，说，丁小宋，你火线加入文学社，到底是想写东西还是涮火锅？我不吭声，手一扬，又是一片薄肉，肥瘦搭得出黄金比例。李悄又说，手上还长眼睛。麻烁便主持大局，冲李悄说，人家丁小宋一加入，赵老师才同意我开火。

麻烁个小，不影响人家有大哥气质，懂得调剂一帮人的情绪。有他在，一小口电锅才能沸腾得有如聚宝盆，让那么多人下筷头有条不紊，一起吃饱喝足。得他照顾，我也想着好好表现，对大伙有所贡献，正所谓"人人为我，我为人人"。有一天去了菜市，专门找一圈，找到上好的重庆火锅底料，冻紧的牛油里，琥珀一样镶嵌了各种祖传香料，一包大小抵上两连马头肥皂，卖价两块五。我不犹豫，买来一包。晚上做汤，撇一块（八分之一）放下去，转瞬化开，异香扑鼻，涮得大伙爽到一个新的境界，纷纷举起杯子，找我碰酒。我暗自想，这一顿，才算打虎上山，位列老九。麻烁也感叹，再怎么用心做汤，不如有钱，买人家祖传锅底。大家也说，日你×滴，有钱就是好。忽然又有人说，吃得开心，可是都是男的，少几个女的。麻烁就笑，说饱暖思淫欲。

大家凑钱，麻烁去菜市喜欢叫上我，而我总想找点新品种，涮出新口味。在我潜心寻找下，价钱低廉、能涮进锅的物品渐丰：猪心肺、牛腰、牛肝、牛蹄花、茶泡、莙荙菜、广菜、洋合、魔芋硬皮、大葱须、包菜心、西瓜皮……用最少的钱，买来最多菜品，反正不怕花时间打理，涮进锅，有些不花钱的东西一样好吃。每个人都有填不饱的胃囊，我花这些心思，都能用到实处。他们也试图寻找，但找来几样都不适合涮进锅。麻烁说，别以为容易，这要通菜性，是一种天分。

有一天去市场，看见一堆去壳的田螺，个头巨大，肉色鲜嫩，价格三斤才抵一斤猪囊膪肉，我想买一些。我说，等下花时间，一刀一刀片成薄片，往火锅里涮。麻烁说，去年试过，田螺肉切片，一涮就卷，涮急了泥腥不散，不入料味，涮久一点又一个劲发绵。这东西剥壳要爆炒，带壳只能卤煮。我说，去年你是租哪里？也天天涮菜？他不答，走了几步，像是自语：煮螺蛳入味，要有一种料，壁虎那里应该找得到。

那时候，市面上小龙虾还没吃开，夜市上最好卖的是煮螺蛳。螺蛳本是贱菜，山塘溪坑里，有水草的地方随便一搂，出水都见一堆螺。农村人搂回家喂猪喂鸭，螺壳搋碎了给猪娘补钙。以前螺蛳剥壳卖，也就两角多一斤，螺蛳肉色灰黑，一般加韭菜爆炒，吃进嘴有一股泥腥，很多人不吃。那几年忽然成为夜市摊爆款，带壳煮制，加各种料熬通夜，熬到浓稠甚至焦黑，完全入味，带上夜市。有人来，用小号瓷碗，舀一平碗卖两块钱，想要堆起尖再加一块。随着价格上扬，螺蛳里面蒜瓣、魔芋、酸萝卜也越添越多，这玩意儿也开始有替代品。煮螺蛳味足劲大，很多人吃得上瘾，有的人每天入夜心神不宁，嗍一碗螺蛳方才安定。

花果山下夜市摊聚集，是整个广林市天黑后有名的去处。我们同学偶尔去夜市摊，五块钱买一大碗煮螺蛳，嗍的时候手脚快慢差别大，手脚慢的要求分碗吃，但这一来，先吃完的盯着别人碗口好一阵难受。

麻烁那点手艺，煮螺蛳也不是出手就有，他练了几回，我知道。头一回煮螺添的是白开，煮时好像是把螺蛳又洗一道，清清白白，滋味寡淡，这才知道一定用高浓度老汤，决不能偷懒。老汤不是电锅熬得出的，他从外面弄来，后面见阙光弟将汤盆拎走，才知是借了阙家的灶房。后面几回，他往里面下料下得重，但煮出来入味不足，螺肉紧实，天生不吃味，电锅火候也欠。后面又买来一包脆肉粉，添进去煮，螺肉毛孔翕张，料味便一孔一孔灌注，但比起夜市摊，仍是有一定距离。

试了几次，有一锅忽然就成事。卖相比不得外面夜市摊子，汤汁收得不够浓，硬壳挂不够料色，吃进嘴，一嘬肉仁子上面那一点点汤汁，鲜味把各自脑门子一掀，呛一口气，味道又往下走，鼻头轻痒，竟盖了许多夜市摊。可想而知，当时，大家意外，赞叹，说这一锅买的话少不了五块钱。

麻烁小有得意，抿一口散酒，床底下掏出一包东西，说主要靠这一味料，叫絮壳。还说，看着不起眼，很多人搞不到。用不用它，煮螺是两种味道，天上地下。我凑脑袋过去一看，里面的东西大小形状像杏仁壳，但壳皮里外都有纵的条纹，中间摊散，两头聚拢，与杏仁壳明显区别开。我们都没见过那东西，既然很多人搞不到，又当麻烁多了一种特权。

阙光弟偶尔也来楼梯间。作为文学社指导老师，他绝不是挂名，来到这里，给社员做现场指导。他是随和的人，扎进人堆，抽我们敬上的劣质香烟，手抓骨牌椅上的吃食往嘴里揉。碰见煮好的螺蛳，他嘬起来也麻利，几乎不借助牙签，撬开螺盖，轻轻一吸，壳里所有的东西——螺肉以及下面一挂墨绿色的累赘，一扫而光。有人说那一挂累赘是螺蛳屎，阙光弟就笑着说，这怎么会是螺蛳屎呢？这是它的肠肝肚肺，精华所在，滋味最好的部位。但我看到螺蛳下水,那形状及颜色,心里起疙瘩,嘬到嘴里咬断吐出。

阙光弟帮我评点了一篇散文,一边嘬着螺蛳,一边擦着油嘴,跟我讲修改要点。讲得我几乎灰心丧气,他又表示,该文已到"修改后可刊用"的地步。我不免激动,自己手写潦草的字迹,很快变成铅字(打字油印)。所以在楼梯间里涮菜嘬螺蛳,可不光是吃吃喝喝,谈笑间,也弄懂一些隐秘法则。以前,我在报纸杂志上看了不少作家的创作谈,他们来头都不小,但最初都经历漫长退稿和泥牛入海。我对此有心理准备,熬过最初的艰难岁月。但现在我忽然知道,上个校刊都要找到组织,参加活动,一起讲笑话,一起嘬螺蛳,最好还要熟络主要领导。我也忽然有个想法:毕业以后,怎么也要去省城混,那里才有刊物、有编辑、有各种主要领导,职位都比阙光弟大几圈,自然也比他管用……我吓一跳,这些零星散乱的领悟,仿佛比白天在教室听课更有用处。我读花果山下面这所破学校,却读出了理想,毕业后我也确实这么做。

阙光弟来我们这里,经常带着傻儿子。我住二楼,窗户对着上山的路,可以俯视两百米远,偶尔瞥见阙光弟拖着儿子的手正往这里来。他儿子有时犯浑,都要到门口,又想回去,阙光弟拖儿子像拖一只猪去挨刀一般费力,索性放手,踢他儿子屁股。傻也有傻的好处,他儿子对此的反应和别的小孩不一样,挨了打不哭,反倒会笑,再往前走就蹿起跑跳步。

后面我知道他名叫阙道宇。大家叫他小宇,他偶尔点头,大多时候当我们叫别的人。小宇很容易进入另一种状态,或者进入异次元空间，当我们都看不见他一样。阙光弟是个认真的人，一来就能进入工作状态，一对一点评文章，没点评到的一旁坐着听。这时，麻烁带小宇出去，出了出租屋的大门，往左，爬花果山。看出来，小宇很服从麻烁管教，甚至对麻烁有种依赖。他进到楼梯间，看到麻烁，叫一声麻麻，听着像是叫妈妈，然后往他怀里扑。其实小宇个头跟麻烁差不多，有一次麻烁坐在矮凳上面，未及起身，小宇几乎将他扑倒。阙光弟在后面喊，小宇小宇，你是不是要我扯根绳子把你拴起来？

我脑补那样的画面，小宇要是被绳子拴起来，搞不好真就四肢着地。没想到十多年后，现实生活中，周遭的环境里，拿着狗项圈拴住自己儿子的家长并不少。

还有几次，天黑以后我们正涮菜或者嘬螺蛳，聊文学、女人和天下大事，门砰地被推开，是阙光弟，不往里走，脸上堆满无助神色。谁都知道，作为老师，不好在学生面前流露这样的神色，但是，我们都看得分明。

麻烁不多说，叫我们继续，自己赶紧往外走。

……小宇又发病了。

某次，麻烁跟阙光弟消失于夜色中，屋里还坐着李伟光（笔名李悄）和姜灿，他俩都跟麻烁同班，显然知道些内情。我支起耳朵听。姜灿说，上一年，麻烁住在阙光弟家里。小宇总体上算是个老实孩子，时不时会发一阵疯病，症状是在家里砸东西，地上打滚，见什么就撕什么咬什么，包括瓷器和金属制品，家里暖水壶铁壳都被他用牙撕破。谁制止，他就把谁往地上带，带倒就撕就咬，把阙老师都抓出半尺长的疤；那一口钢牙，哪有人扛得住？有人说，也没见阙老师两口子伤残。姜灿说，小宇从小就犯病，阙老师两口子身经百战，防得住，但治不住。李伟光又接话说，小宇看上去十来岁，其实二十有多，偶尔醒神，下面撑起帐篷，忽然就有那种要求，懂吗？那要求解决不了，有时候，他妈都不敢和他单独待家里，懂吗？李伟光做一个暧昧的表情，想把大家惹笑，但我心头一凛，也没见别的谁笑得出来。

姜灿又说，也怪，只有麻烁是小宇的专属特效药。只要他在，小宇就不犯病，有时刚要犯病，地上一滚，麻烁走上前去摁住。小宇张嘴要咬，他直接把手伸进小宇嘴里，还说，小宇小宇，是狗你就咬。也是奇哉怪也，这一招，别的任何人都不能尝试，只有麻烁这么一弄，小宇两排牙齿悬到切疼肉的位置，就停下来。小宇看看麻烁，麻烁看看小宇，伸出另一只手抚摸小宇头发，就像抚摸狗和猫。多摸几把，小宇眼神和缓，表情也松弛，麻烁这时叫他站起来，小宇就站起来。麻烁说，小宇下次不要这样了。小宇憨笑着把舌头吐得老长。

姜灿这么说，李伟光就在一旁装扮小宇的模样，尽量照着狗的形态发挥，仿佛他见过。其实这些都是听说，麻烁可以住阙光弟家里，他俩不可以。我想，这世间，一物降一物，总是颠扑不破的道理，或者又没什么道理。也突然明白，阙光弟去年送我两根竹竿，麻烁怎么知道。当时若是他在，小宇就挨不了那顿打，直接交出竹竿。

又有人问，为什么麻烁今年搬出来？他俩都不知道具体原因，姜灿想当然地说，不是一家人，挤在一间房子，时间久了，都会不适应。李伟光说，已经住了一年，够对得起班主任了。要我住他家，那种环境，不开工资说不过去。姜灿说，给你钱你也去不了，你不是小宇的药。

那一天，麻烁回来较早，我还注意看了看他头脸脖子，裸露在衣领外面的部分，是否有抓痕。当然是没有。

四

麻烁的楼梯间里人满为患，偶尔，就夹杂了女生。要混文学社，他们编杂志，讨论一篇散文或诗，没有几个女生插几句嘴，发出些大惊小怪的声音，气氛都不对。

还是因先前阙光弟打了招呼，女生进到麻烁的楼梯间，赵老师网开一面。按约定，门随时敞开着，即使屋内几男几女，也必须敞开。麻烁一开始也抗拒，说，赵老师，我们这么多人在里头，有什么好担心？赵老师沉痛地说，人多也不行，三男三女不行，五男三女也防不住。现在的年轻人，有什么丑事搞不出来哟。门一敞，赵老师过来睃一眼，似乎照顾麻烁面子（赵老师对麻烁确有关照，态度明显不一样），她顺带着上楼，搞一搞卫生检查，或察看衣物会不会把胶皮线压断。毕竟上了年纪，多有几次上楼下楼，她腰腿吃不消，指派老何继续履行监督之职。老何每半小时过来一趟，把苦瓜脸拱进来，点一点人头，再离去。

何老师，要不要嗍几颗螺蛳？麻烁刚弄好一盆。他手艺日益精进，螺蛳汤带有红油色，壳皮跟夜市摊一样，有了暗沉的包浆。

老何背对着手一挥,说,我从来不吃怪物。

下次来,麻烁依然招呼他,何老师,进来嗍一嗍螺蛳。现在最流行嗍螺蛳,关厢门夜市摊那里,每一个摊,一锅螺蛳至少二十斤,口碑好的,锅前都排着队。我弄这个不比他们的差,你试试!

真是见鬼了。老何说,这东西以前喂鸭喂鹅,煮不死,还带有什么钩端螺旋体、寄生虫,是要断肠子的哟。

我煮得透,每次煮三小时……

煮三小时?你一个月才交十八块,电费也在里头哟。老何的苦瓜脸扭得打结。电表不是每一间房装一块,电费含在房租里头。老何搞不清楚赵老师怎么就答应了麻烁,搞特权,房间里用电锅。

哎呀,好大个事,我加两块,一个月交二十,可以了吧?

电费是三角四,两块钱六度电;麻烁的电锅底座盘着两根明晃晃的电热丝,功率各五十瓦,十小时一度电,六度电够用六十小时,每天煮一锅螺蛳略微不够,两天煮一锅就绰绰有余……老何站在门口,神思飘逸,显然在算这笔账。稍后老何神情变得轻松,显然加两块钱摆平了他。他走进来,坐下,用牙签一撩螺盖,撬出一颗肥硕的螺肉。他吸的姿势很熟练,撬螺肉很准确,牙齿一掀,螺肉下面一挂墨绿色的累赘吐出来。

哎哟不错,你这螺蛳煮得见功夫,有股邪劲。

看样子何老师吃得蛮多的。

好多年不吃了,以前过苦日子反而吃得多。那时候,老乡家还找得出罂粟壳——解放前,我们这里到处都种罂粟,陈玉鋆师长收去赚军费。罂粟壳煮螺,才煮得出这股邪劲。老何说着,还用筷头去螺蛳堆里翻找。

麻烁早把料剔了出来,不便让人看出秘方。麻烁问他,何老师,你说的那东西要去哪里搞?我也听说……

老何斜麻烁一眼,不吭声,继续嘬螺蛳。留下一堆壳,吐一堆下水,老何才走。我这时哪能不知道,絮壳到底是什么东西。麻烁回我一眼。

有一天我进到楼梯间,里面两个人,一个是麻烁,自不用说,另一个是江瑛妹,小有意外。骨牌凳上又是一盆煮螺蛳,热气腾腾,江瑛妹先用筷子夹起,对每颗螺吹五口气,换另一只手捏住,再凑嘴边一嘬。麻烁坐在一旁看她嘬。江瑛妹还不太熟悉这东西,麻烁在做现场指导。对,先要嘬螺盖上面那些汤。感觉不到味?你吸得太快,这汤没有多少的,但要细细品,品出来,就容易上瘾。江瑛妹又嘬下一颗,品了起来,看得出她在调动味蕾,在开动脑筋,在思考这汤到底好不好吃。似乎没品出来,再挑一颗,专挑大个的,捏在手里还往盆里一舀,尽量多装汤汁,但螺盖上那狭小的空间,舀到满溢又能有多少?麻烁就笑,一把调羹递过去。江瑛妹用调羹扒开螺蛳,舀下面的汤,吸溜一口,这才嗯一声。脸上表情骗不了人,是真的吃出好来。往下她又吸了几调羹浓浓的汤汁,显然也是个重口味,因那汤嘬一点点满口鲜美,换调羹舀着喝,全是咸味。江瑛妹要喝水,麻烁把自己的杯子递过去,杯小,江瑛妹喉结动一下(我确乎看到),就见了底。麻烁又晃起热水瓶,往里

131

面加。

我递给麻烁一个眼神,是问,什么情况?他回一个手势,叫我自便。

江瑛妹旁若无人,埋头嘬螺蛳。麻烁继续指导,对的,这样就对了……下面那一串也是肉,可以吃可以不吃。江瑛妹晚上要吃两份饭,能吃的当然都不放过。

你吃东西太快,嘬螺蛳可以让速度放慢下来,不是么?只有放慢速度,才能真正吃出……

好吃!

我就知道你会喜欢吃,我煮这东西不是一般好,比夜市摊一点不差。

那你要不要去摆夜市摊?

我为什么要摆夜市摊?我专门煮给你吃,可不可以?

这时江瑛妹才把头一扭,确定我的存在,我正要抽一根牙签。江瑛妹说,我可不可以把这一盆吃完?

当然,吃完吃完。麻烁也看看我,又说,别人的我另外煮。

我便拿牙签去掏牙,什么也掏不出来。

江瑛妹走后,我问麻烁,怎么勾搭上的?他搔了搔脑壳,说没有勾搭,就这么过来。我说,总不会是人家直接闯进你的闺房?他说,那当然,我今天走出去,看见她,直接说,美女,请你来嘬螺蛳。她看看我,又看看周围,也没有别的美女,确定是她本尊,又问我,我们很熟吗?我说,我煮的螺蛳很好吃。她说,哦,是吗?我说,我骗你的话你打我。她就笑起来,说我一拳就能打扁你。这样她就跟着我进来,我这一盆螺蛳,也真是煮给她,只怕不够。

有吃的就行,她只嫌不够……你不会真的想泡她?我不由担心起来,眼睛粗粗一估计,她体重是他两倍半。

这个……他忽然有些羞涩,一想不对,严肃了表情跟我说,丁小宋,你是不是管得有点多?

我不管,自然有人管。第二天,麻烁又煮一盆螺蛳,专挑个大的田螺,谁也不招呼,就让江瑛妹去吃。门不好关起来,掩得只一条缝,正吃着,赵老师把门推开,看里面就两人。赵老师也不好怀疑两人有什么图谋,就从别的方向问话,把麻烁叫出来,跟他说,江瑛妹总不会是你们文学社的人?麻烁说,为什么不是?赵老师说,麻烁,我看你是个老实孩子,又会写文章,很多事我不计较。但现在,你把一个搬砖的说成是写文章的,当我老婆子脑袋不好用了?你把她写的文章拿给我看,我以前写工作报告县领导还表扬有文采。麻烁说,就是嘞几颗螺蛳嘛,她吃完就走。

不要得寸进尺!赵老师说,麻烁,我以为你是聪明人,但是有点不懂味。以后,你这间屋子不能进女学生,一个都不能进。我真看不出来长什么样的会写文章?以后要请女学生涮菜嘞螺蛳,就去我家一楼食堂。那里有桌有椅,也不用你打扫,免费用,你看行不行?

麻烁笑着回道,赵老师,你是跟我打商量么?

再有煮好的螺蛳,不管是否夹杂女同学,都端去中间的食堂,占一套桌椅。食堂有七套桌椅,一大六小,平时坐小的桌椅都已足够。而且,也奇怪,大家挤楼梯间挤得热闹,有同甘共苦相濡以沫的快感，一旦换到宽敞的食堂，又觉这里其实更好，说不出的舒适。嘲起螺蛳来，在小的房间不自觉就压低声音，空间小声音显嘈杂。来到这边，嘴巴嘬圆，嘬得越圆嘲得越响，一个个像吹起哨子，恣肆且欢悦着。

既然在老何的地盘，老何就不客气，每次拨拉半碗，用一拃长的竹签撬螺肉。老何毕竟是老厨，说用电锅煮东西费电，火候不够螺肉就发绵，建议在他灶上炖煮。房费加到二十，不好减回来，麻烁去食堂用煤炉，也不另付费。

在食堂煮螺，香味掀动每个人味蕾。那年月大家腹中时常怀有古老的饥饿，故而不讲究、不客套，陌生人循味而来，搭讪两句。麻烁是好客之人，一个招呼，对方坐下来就摸牙签。刚刚脸熟，不好多吃，嘲十几颗尝了味道，就走人。江瑛妹每次都能见到，经常拎着碗守在炉前，看着一锅螺肉持续沸腾。麻烁会对她说，你试试，看好了没有。她试了一颗又一颗，不出麻烁所料，她一副胃口本就不挑剔，碰到螺蛳，一嘲上了瘾。她个高，身体硕大，胯部又宽，上半截俨然是宝塔形，下半截则是宝塔稍有压缩的倒影。老何每天报餐，江瑛妹晚餐经常报双份，要不然半夜会饿醒。但人家也不白吃，她能一口气扛动六十七块隔火砖。一块砖差不多四斤重，麻烁暴断青筋也就扛二十块。煮好螺蛳端上桌，江瑛妹再不好跟麻烁说，我可不可以把这一盆吃完？再大的盆她也能舔干净。食堂到底是公共地界，见者有份。江瑛妹有时候一手抓两颗螺蛳，一起嘲，那声音仔细一辨，像小孩吸溜鼻涕，双响分明。一桌人嘲得欢腾，赵老师随时检查工作，某一刻忽然就坐到江瑛妹身边那张椅子，嘬了起来。赵老师指头灵便，牙签扎下去像是挑花，一扎一个准，江瑛妹一次嘬两颗的时间，赵老师也嘬了两回。赵老师是个讲究人，自然不吃下水。

换在老何灶上煮，他很快摸清麻烁的秘方，并不声张。麻烁煮的螺蛳有邪劲，主要靠那一味料。螺蛳嘬起来咸辣，极重口，有人一边吃一边流泪，还不敢抹，辣油沾了眼睛会疼翻所有眼白。我有时吃得直吐舌头，恨不得把整根舌头掏出来，放冰箱冷冻室里冻一冻。当时心里说，贪这一口，身体遭罪，吃完以后不吃了，不吃也罢。顶多忍几天，当食堂里又飘来螺蛳香味，我几乎僵尸般地将自己的身子捋直，往那里去，忍着不蹦不跳。我知道，自己开始有了瘾头。有时候正上课，忽然极为准确地记起螺蛳的香味，忍不住打个冗长的哈欠。

江瑛妹嘬得多，瘾头更大。每次食堂煮螺，她拎着碗在锅边把守，宛如一尊大神，鼻头翕张有声。开锅她第一个动手，嘬螺蛳嘬得嘴皮烫，不停哈气，猛灌凉白开。有一天，我看她嘴皮结着痂，显然是烫伤，但当天嘬螺蛳她仍然不比任何人慢。麻烁总是坐在江瑛妹的对面，满面带笑，看她嘬，听那响声。见她快现碗底，主动给她添一勺，螺壳撞响的声音脆乱。一旁的赵老师德高望重，可以畅所欲言，好多次跟江瑛妹说，慢点嘬哟，有人跟你抢？或者说，小江，你是个妹崽，不要吸得山响。江瑛妹睃她一眼，懒得吭声，嘬螺蛳仍是一捏两颗。赵老师又说，小江，我给你提个议，你能不能一次只吸一个螺？江瑛妹问为什么，赵老师说，吸两个螺，嘴巴收不住，汤雾都往我这边飘。赵老师一边说一边抹脸，顺便把脸皮子抹平。江瑛妹这才面露赧色，一颗一颗把螺蛳捏在手上。两颗螺变一颗，她的嘴巴吸那一点点汤汁就用力过猛，螺肉带着下水，火箭升空一般射入肠胃。

嗍螺蛳的要领就在于，汤是汤，肉是肉，先吸汤，再吃肉。江瑛妹力大，一吸，总是连汤带肉嗍尽螺壳，螺壳在她手中变得透明。麻烁说，该享受两口，你一口就搞进去，可惜了哟。江瑛妹一听，是有道理，这么嗍实在浪费，便将螺肉反刍回嘴中，呕一呕，再次咽进去。这样，汤还是汤，肉还是肉。

麻烁就这么盯着她看，表情有时候近乎慈祥。

嗍完一钢精锅的螺肉，我们几个男的簇拥着麻烁回到逼仄的楼梯间，关上门，每个人都很来情绪。姜灿问麻烁，你不是真想去撩江瑛妹吧？姜灿问得认真，表情不可思议。其他人也把脸杵过去，同样关注这个问题。当天的嗍螺蛳，大家一直关注着江瑛妹，关注着麻烁看她时那种眼神，觉得总有什么地方不对劲。

看她嗍螺蛳，有一种很开心的感觉。麻烁说，我只喜欢看她嗍的动作，充满喜感，当成看喜剧片也可以。

我看像动画片。

我看像灾难片。

我看像惊悚片。

他们纷纷发挥起来。我口慢，搭上话时已经没什么可说了，总不能说像看爱情片吧？只这么一想，就觉得太牵强，我忍住不说。

横看成岭侧成峰，远近高低各不同，这就是江瑛妹。麻烁像平时讨论文学，下个总结。

那就好！姜灿松一口气说，要不然，她就是愿意让你撩，你就算撩上了，想一想，会有什么结果？

什么结果？我及时捧哏。

这个开不得玩笑，麻烁你想，要是她半夜一个翻身，一不小心，把你压死在下面。

死而无憾！麻烁说，和你们不一样，我个子太小，缺什么想什么，撩妹就想撩最大个的。在我眼里，江瑛妹还不够大个。

麻烁这个人，表情绷得住，讲话看不出真假。拿他开玩笑，所有的话像撞到橡皮墙似的弹回来，散落一地。

带壳螺蛳价格一路涨，短短两个月，涨到一块钱一斤，而且还不多。量大的，直接送到夜市摊点，量小的，一个提篓拎来，摆在菜摊旁搭着卖。买螺还要赶早，麻烁头一节课不上，买好直接赶第二第三节课，因有阙光弟罩着他，这丝毫不成问题。我们都自觉，吃螺肉上瘾，不可能让麻烁一直请，又开启"打平伙"模式，每一次各自凑钱，凑一块钱，有一斤的量，中号碗一平碗。但有些人不凑份子照样吃，比如老何和赵老师，这样形成了公摊，每嘬一次我们各凑一块五。

江瑛妹每顿都来嘬螺蛳，不需要交钱，麻烁敞开供应。一旦吃开，麻烁最后一个伸手，前面一大段序曲，都是微笑看她，有时候还忘情地托起腮帮，但也没见公然撩她，仿佛真是喜欢看她嘬螺蛳。

江瑛妹每次大概要嘬两斤，不到这个量，她嘬完还要用目光刷盆底,刷得狠,她干什么事情都显出力道十足。麻烁喜欢看她嘬螺蛳,但受不了她用目光刷盆底,刷在盆底,简直痛在他心扉。

……忘了说了,心扉这词也是麻烁强烈地推荐给我用。他帮我改文章,我按方言爱用"脔心",他说是脏字眼,要我换过来,"要用心扉,这是好词。"

赵老师又看不惯,她总是有很多东西看不惯。她说,江瑛妹,每一次都是你吃得最多,吃完了还要盯着盆底看。江瑛妹还没开口,老何说话,人家又不是吃你的,你管那么多。赵老师满是褶皱的眼皮一翻,说难道是吃你的?江瑛妹喷笑起来,赶紧收住,接着嘬。别看她每次嘬两斤,让麻烁独自承担,那个年代,也不是小数目。麻烁也学着夜市摊,开始往里面添加便宜的东西,一角五一斤的萝卜丁,三角二一斤的魔芋,四角七一斤的白蒜头。蒜头熬到绵软,体积膨大几圈,入味十足,吃起来别有一种口感。江瑛妹有一天开锅后专拣蒜头,堆起一碗,一枚一枚扎起来喂进嘴,接二连三。赵老师又生感慨:江瑛妹,你说说,有什么竟然是你不喜欢吃的?但这些替代品起的作用不大,江瑛妹不懂得总量控制,吃了一碗蒜头,再吃一碗魔芋,往下还是要嘬两斤螺蛳。她的味觉记忆里备着一把秤。

又一回开锅,江瑛妹嘬了几颗,觉得不对劲,停下来说,味淡。其实我也吃出来,这一锅螺嘬进嘴,那股钻得起劲的鲜味不见了,只是螺肉味,多嘬几颗又吃出腥味。江瑛妹说,怎么搞的?麻烁赔笑。姜灿说,不好吃,少吃点。江瑛妹说,有你什么事?她手脚也没见放慢,嗍完一碗又添一碗,嘴上说,下次还是这味道,就不要叫我。我说,不要啊,麻烁就是煮给你的,我们都是搭着你享福,嗍几颗过过瘾。老何也在一旁嗍得带响,扭头冲麻烁说,看吧,煮这东西,就靠那一味猛药,哪是什么手艺。

隔了几天,江瑛妹冲这边叫,麻烁,麻烁。麻烁的房门是关的,这几天很少见他,但上午能撞见,显然很晚才回。我说,江瑛妹,那天你说不吃,吓得麻烁这几天都不敢回来住。江瑛妹说,有我什么事?我说,不要瞎喊了,味道淡的现在都吃不到。

一晃半月,那个傍晚,麻烁拎一锅螺蛳从外面回来,是一个光头用摩托把他送到门口。量不比往日,每人分得一小碗,嗍进嘴里,味道跟以前不同,依然是好味。汤汁明显味重,还带呛,嗍完螺蛳,往汤里兑点开水,才好入口。大家憋了半月,哪有这么多挑剔,很快见了锅底。老何竟然讲究,不在他灶上煮,他一边看看,没下手。他主要是瞧汤的颜色,问是不是摊上买来的。麻烁说,最近一阵买不到煮螺蛳,这一锅还是我煮出来的,在朋友家里弄。

回头还是在老何灶上煮螺,但程序明显跟以往不同。除了姜蒜辣椒,麻烁把别的料装进纱布袋浸进去,好大一袋。煮开十来分钟,他用漏瓢把螺蛳悉数舀出,沥汤,倒入一只搪瓷盆。等汤变冷,再将螺蛳浸回其中,搁一夜,再摆一天,次日晚上再次煮沸,才能摆上桌。

五

转眼夏天,暑期过去,开学又是新学年。我们照样租住122号公寓,照样两三天嗍一次螺蛳。有螺蛳拴嘴,江瑛妹没有理由另找住处。

十月又要过去,天气开始冷下来。那天,我正往坡上走,看见122号大门,麻烁和姜灿还有另两个家伙一呼啦从门里走出。见了我,姜灿扯住我说,不能光蹭吃,要干活。他们拎着两只铁皮桶,还自制一件工具:带长柄的网兜。柄跟锄头柄差不多,网兜有脸盆大小,绷在拧好的铁条上,绷成一圈,两边弧形,前端扳平,整件工具外形看上去是"丫"字形。我问,这个是干什么的?姜灿说,还能干什么,当然去弄螺蛳。我已经猜出来,只是确认一下。这段时间,夜市摊子上很少见到煮螺蛳,带壳螺蛳都很难买到,要有,也是剥了壳的螺肉。

那天姜灿提议,这东西到处都是,何必要买?自己动手,要多少有多少。离学校不远就有条河,大伙先往那里去,没想到,现在河道里不知下了什么药,水草长不起来,螺蛳也捞不到。附近也有几片池塘,被专业户承包,不能打主意。姜灿说,那只好走远点。我有印象,林场里有几片水塘,是野的,没人管。

我们搭公交车,去城郊洞顶林场,在麻烁的有效指挥下,每人用两角钱完成五角钱的车程。姜灿带的路,下车还穿了五六里小路。碰到护林员,见我们拿这套工具,问了两句。护林员忽然发笑,手一扬放行。他说他上班好几年,每天巡山,不知道这山上哪里可以摸到螺蛳。

路越走越窄,有的地方直接钻进草窠,好在不久又能抽身,走入空旷地带。姜灿知道那地方有个野池塘,十几亩水面,几乎被水草浮萍捂个严实。走到塘边,往里扔几块石子,整幅的油绿颜色撕开,现出深沉的水色,漾着人迹罕至的气息。姜灿说,这是一片处女地,能捞许多螺蛳。麻烁说,可能捞出来的多是处女螺,煮出来味道不是一般好。我就笑,不愧是诗人。麻烁率先卷裤筒下水,没走两步弄湿底裤,也就放开手脚,惊起一片白日里的蛙鸣。池塘泥深,我说脚有病,怕冷,便守在岸上看他们几人忙碌。人手也够,没人计较我。天色乍阴乍阳,我看这几个兄弟,为一点点口腹之欲,为省几块钱,跑来这荒山野地,在已有几分峭刻的秋凉中,踩入塘泥,放肆地搅动池水。泥点和光泽散落在他们身体各处,空气中泥腥味慢慢变重。我也不闲,姜灿一人持工具探塘底,其他几个人用手瞎摸,螺蛳是蠢物,时不时摸个正着,他们喊我一声,扔到离我不远的草丛。我逐一收集,让它们乒乒乓乓落入铁桶。

风一紧,周边树叶哗啦抖擞的时候,我感受到一种莫名的欢乐,又有一种青春过于肆虐的伤感。

野池塘里出螺,一般都大个,有的大如拳头。姜灿还说,这也只有江瑛妹一口嗍得下去。煮螺蛳个小才入味,太大个的全都剔出来,另装一只提笼。两小时下来,两只铁皮桶都装了七成,一晃就碰撞出唏哗声响。

刚摸上来的螺蛳不能马上煮,带回去,要用水养三四天,每天换两三次水,让螺蛳吐尽泥腥。多过几道清水,螺蛳壳开始变亮,有了透明质地。下锅前,再用尖嘴钳逐个撅开螺壳尖,才好煮个通透。

江瑛妹当然每天都走过来,瞅一眼桶里的螺,姜灿撞见,跟她说,不要急哟,大半都归了你。江瑛妹脸上肉多,笑的时候无限开心。我忽然发现,小宇笑起来也这样。眉宇间,表情的纹路里,小宇和江瑛妹似乎有许多相似之处。由此看来,麻烁的口味倒是稳定,他乐意也擅长与同一类人打交道。

不知为何,看破这一层时,我眼皮细跳了一会儿。

捞来的螺尚未将泥腥吐尽,新一期《木叶》杂志散发着油墨香气,发到每个社员手里。我也有发表,且是第一次上杂志,一篇写我父母的散文。阙光弟都说好,麻烁却说第一篇文章写父母,真是学生作文,全无新意。他说,你写你小时候养过的狗都好,写你小时候养过老鼠更好。我说,你怎么不早说。

接着散文栏目,当然是诗歌,起头的是林火写的《嘲螺蛳》(外十八首)。林火是麻烁的笔名,姓名里各揪一偏旁,很多著名作家这么干,他也学着做,一切向著名作家看齐。他也吃受了阙光弟的意见:外十八首,真是搭得有点多。你看人家打拖拉机,有三拖一、三拖二,但你见没见过一拖五?你硬是一拖十八。后面知道,阙光弟审稿时麻烁交上去是外三首,阙光弟审过以后,麻烁全面操持杂志的印刷,便往里头塞私货。

……这一阵,我写诗手烫啊,解个小手,一首诗随着哗哗的响,就冒出来,哪一次尿滴得长,诗后面我就用省略号。麻烁跟我们这么解释。姜灿当然最了解他,就说,不会真是恋爱了吧?李悄说,写诗就要恋爱,恋爱的内分泌哺养诗意,诗意反过来又让恋爱有了情趣,就像循环养殖,塘泥肥地,种桑养蚕,蚕粪又可以喂鱼。但你恋爱差不多了就失恋,去找下一个,这样才能循环。麻烁说,跟你们不能比,你们写诗不行,搞女人都是我祖师爷。

拿到杂志,我马上翻到那首《嘬螺蛳》,打头一篇,诗名也是压题的。诗是这么写:

> 美味总是让人垂涎
> 那时候,我带上你
> 在路边摊嘬螺蛳
> 我告诉你嘬螺蛳的诀窍
> 最鲜美的,就是掀开螺盖
> 嘬螺肉上的那点汤汁
> 你照我的方法嘬起来
> 多么鲜美啊,你一口一口嘬
> 那种幸福感,那种满足感
> 那些初吻留下生动的壳
> 从此,每天你都要我带你去嘬螺蛳
> 你一口一口嘬
> 那些壳在脚底确凿的响声
> 而我如何告诉谁
> 这就是我的初恋

取杂志是在校文学社那间小办公室,满生也跟了去,是为见一见麻烁。麻烁煮的螺蛳，我之前跟满生讲，不是一般好吃。他不信，我就让他相信，吃的时候还打包一份带去。满生嗍到嘴里，汤和螺肉都凉下来，依然嗍得他啧啧赞叹。我说，要是趁热吃，会更好。满生说，你这不是废话么，我现在又不能钻到楼梯间，和你们一起吃。我说，改在老何的食堂嗍螺蛳，他老两口也随时跟我们一起嗍。满生翻翻眼皮，说那真是一点办法也没有。

我付双人费用，打几次包，麻烁也说，打包出去，螺蛳冷了不出味，把你朋友叫来一块嗍。我说那个朋友不方便过来。麻烁一下子反应过来，说是不是在我前面住楼梯间那位？我说还能有谁？麻烁稍一沉吟，说事都过去这么久了，赵老师两口子也用不着一直揪着不放。你哪天叫他来找我，我们一起想个办法，还是来这里嗍热乎的。

到文学社办公室，二十平方米一间房，堆满以前社员捐赠的书，品相无缺的被挑走，剩下的全都残破不堪。还有一台油印机，地上散落着油墨盒子，满屋弥漫的既不是书香，也不是油墨味，而是松节油气味。麻烁不在，李悄给我一本最新的杂志，也给满生一本，满生也装模作样翻起来。

我首先翻看麻烁的诗，李悄瞥我看完，问我，你看他是不是写江瑛妹？我说，我也这么想，但又不对，他请江瑛妹嗍螺蛳，不是在路边摊啊，全是在我们住的那里。李悄说，这个不重要，艺术可以这么处理。要是写成"我煮一锅螺蛳给你嗍"，显示这两人关系已经不一般，女的可以去男的家里；要是他照实写，"我在我们一起租住的地方，煮一锅螺蛳给你嗍"，那就啰啰嗦嗦，一点诗味也没有。表义也模糊，一起租住的地方，是不是已经滚床了？所以，在这里要做合理化的处理，写成"那时候／我带上你／在路边摊嘬螺蛳"，这就恰到好处。但麻烁写的，肯定是江瑛妹，只能是江瑛妹。我说，原来这就叫虚构，诗也可以虚构。李悄说，差不多吧。瞥见满生也把那首诗来回看了几遍，李悄又问他，你觉得这首诗怎么样？满生说，怎么一个标点都没有？李悄说，当代诗可以这样搞，标点符号有时候会显得死板。李悄又瞥去一眼，看出这家伙不是来混文学社。

离开文学社办公室，满生跟我说，麻烁喜欢的是那个扛砖的江瑛妹？我说，还能有几个江瑛妹？

江瑛妹？满生用手挠嘴，很不敢相信。我这时想起来，满生跟江瑛妹都是竹梁镇的老乡，初中一个年级，高中时满生复读一年，导致现在比江瑛妹矮一届。我说有什么好奇怪，又不犯法。知道么，江瑛妹每次嘬的螺蛳都有半盆，全是麻烁请客。满生又一次挠嘴，想把这搞成自己的招牌动作。

江瑛妹体重有他两倍不止。

身高不是距离，体重更不是。麻烁人小志大，搞女人就喜欢搞最大个。

……狗吃牛屎霸多。满生顿生感叹。

我说，两人差距有点明显，麻烁别的可以，泡妹子不晓得量力而行。

不是这个意思……满生说，他喜欢江瑛妹，用不着这么下血本。

话里有话啊。

满生嘴皮嚅几下，想跟我装欲言又止。我知道他什么性格，不追着问。稍后他说以前在竹梁读初中，对江瑛妹的印象深刻。

我说，这么大个，放哪都显眼。

满生说，你想不到，初二以前，江瑛妹还是很苗条，而且有长相，在我们中学算出挑的。

这话满生说过，当时我还不信，因为我想象不出来。满生又这么说，看样子情况属实。

……我们那个地方，真的是穷，吃上饱饭是这几年的事。

说到饥饿，满生摆出与平时截然不同的神情。他们那个县是石漠化区域，早就被联合国的专家论证为不适合人类居住，但几十万人，照样要居住于那里，光秃秃山脉中每一道褶皱里，都像跳蚤一样住满了人。从那里出来的人，都喜欢装得比别的地方吃得更饱，灌啤酒抻肚皮，拿猪油当唇膏，他们真这么干。满生几乎不讲那些事，我以为他家是特例，他父亲好歹是个小包工头。现在他告诉我，吃饱饭也是这几年的事情。要是早点吃饱饭，每天有力气读书，有力气记牢那些注定忘掉的知识点，不至于读这个破学校。来之前，他父亲劝他，你没有能力考好学校，我没能力帮你搞好工作，你就学建筑，以后接我手搞基建，至少可以一直吃上饱饭。他就来这里读。意外的是，父亲前两年手顺，接几个工程，率先找几块郊区菜地盖起小产权房，每月给他的生活费在这破地方远高于平均水平。他得以放开手脚泡妹子，经验就是：除了嘴上哄，也要管几顿真正好吃的，先抚摸了她们肠胃，再抚摸她们皮肤。我挤挤巴巴，也不缺女朋友。我说，不要装低调，在你们竹梁镇，你已经是富二代了。

初二的时候，江瑛妹就有现在这么高，身材好，胸脯也挺，这更难得。别的妹子，脸上都没肉，哪来的胸？满生还没发育，那时打江瑛妹主意的，是高年级学生，还有镇子上那些往胳膊胸口文鬼脑壳的家伙。他们去泡江瑛妹，江瑛妹天生不晓得羞羞答答……

我说，不对，现在她好像也害羞，麻烁这么对她，她装作不知道。

满生就感叹一声，麻烁个小，底气不足，只敢撩不敢擒。知道为什么？

为什么？和女人有关的事，我只能默认满生的权威。

搞女人，感情要讲一讲，但讲话不亏钱，这事情主要还是技术活。

当年在他们竹梁镇，谁都能把江瑛妹邀出去。邀出去，但江瑛妹决不走远，只肯在竹梁镇一里长的破街里来回打转。破街上有四五家饭店，三家炒盒饭煮米粉，有两家能吃火锅。她喜欢吃火锅，一走到火锅店门口就停下来，走不动。男的跟她讲情话，她懒得听，搞起深呼吸，把店子里飘出的每一缕辣油的气味全都塞进自己鼻孔。在这时，男的要么走，要么请客。有的请客，便硬着头皮进去占个桌。两人涮起火锅，男人才晓得厉害。江瑛妹没有停下来的时候，跟菜结了八辈子仇，再多的菜摆上来，煮的煮涮的涮，统统消灭，一扫而光。竹梁镇上那些敢当自己有钱的，其实并未脱贫，身边总有更多更穷的人，穷到极尽夸张的人，把他们兜里每张钱都显摆出来。因为没怎么见过钱，他们偶尔赚得一张四老头，都想当成奖状往墙上神龛上供。想撩江瑛妹，却要见真章，几顿火锅下来搞得竹梁镇那些有钱人纷纷破产。

男朋友换了一茬又一茬，前仆后继，江瑛妹却在火锅店有了固定座位。一坐下，爱吃什么菜直接端上来，不用点。她男朋友的范围在不断扩大，年轻的财力不够，男朋友年纪越找越大，甚至有的头顶半秃，毛色灰白，有的一看已经屙尿打湿鞋。初三她被火线急招，进了镇篮球队，训练几个月去参加全县五一杯篮球赛，因为个子硕大，她怎么看都是主力，有补贴，每天加餐。但对江瑛妹来说不够塞牙缝，一搞训练，食量倍翻。她还是喜欢吃火锅。

……那时候，江瑛妹的外号是"火锅三号"。

为什么是三号？

他一笑，说明摆着嘛，中学里还有一号二号，是我们上一届。

满生看着江瑛妹像一个气球越吹越大，每一次见她又大了一圈，忧郁的脸上被肉填满，肉一多，颜色也粉嘟嘟，怎么看都讨喜。那种迅速膨胀的过程，也许只有宫崎骏动画片才能画出来。她变成一颗肉球，根本不在乎，不像城里那些从小就吃饱饭的人，对食物天生没兴趣，瘦成肋排还想着怎么减肥。来到这里，住进122号学生公寓，满生又见到江瑛妹，发现她永无止境地膨大着。他也曾感到难过，认为江瑛妹早已不饿，但长期暴饮暴食形成惯性，是一种病。两人擦肩，他本想打招呼，江瑛妹装作不认得他，他也只好侧一侧身，让她滚动而过。

我想了想，说这事情用不着说。麻烁不知道江瑛妹过去的事，就用不着知道。再说，吃不饱时做一些事，和吃饱了还做那些事，性质截然不同。现在江瑛妹有钱吃双份晚餐，也没见和男人扯不清，应该变了个人。我还提醒，你俩是老乡。

满生说，这我知道，这些事只跟你讲一讲。但是，麻烁天天请她嗍螺蛳，还没有得手，是她拿麻烁当成冤大头。

我说，只有麻烁会给她写诗。

六

麻烁说，壁虎要来尝我煮的螺蛳，到时候让你那个朋友，叫满生，跟在壁虎后头。又说，我买两瓶瓶子酒，让满生提着，当赵老师老何的面，放在桌子上。麻烁是个周到人，讲细节。

壁虎这名字，在花果山一带混日子，不可能没听说，否则，意味着某种潜在的危险。我肯定撞见过，名字对不上脸。新生报到时我就听说过这人。报到后有十天军训，警校的优秀学员充当教官，但他们也是为泡最漂亮的几个女生，这几乎成了惯例。军训那几天，旁边老有几个校外的家伙，站着蹲着，盯着我们。学校唯一的两个保安，一高一矮，走过去，校外的家伙给他俩打烟。他们一块抽起来，还勾肩搭背。每天立正稍息，向左向右向后转，拉歌比赛。我们班那位教官，一天下午教得有点嗨，组织大家玩一玩丢手绢。他让女生把手绢掏出来，他接过去，摸一摸，闻一闻，挑出一块让女生叠布老鼠。有个家伙这时穿一件军装混进来，我们蹲成个圈，脸向圈内，屁股撅向圈外。那家伙只穿军衣，裤子是牛仔裤，脚上穿人字拖。教官假装没看见。我们唱《丢手绢》，"丢啊丢啊丢手绢"，那家伙偏要显得与众不同，偏要唱"丢丢丢你妈"，偏又是个尖细嗓，声音没被我们一堆学生的合唱捂住一丝一缕，反倒字字清晰。教官只好走过去踢他屁股，叫他滚。尖细嗓要揍我们教官，站起来不够，要跳起来揍。我们教官不敢造次，周围还有几个教官，凑了过来。尖细嗓吹了个唿哨，墙外他的弟兄马上吹唿哨回应，翻墙而入。两边人一拢，架没法打，约定天黑去花果山雷公庙碰面。

当晚碰面的结果不得而知，但我们这届新生里，公认的几个美女，像滕姝吉，像章碧婷，一年多时间过去还没人公然带她们出学校，去路边摊嘬螺蛳。警校的教官不敢下手，外面那些混子不能上手……这样的情况，老几届从来没有。老生跟我们感叹，每一届最漂亮的女孩，不能当墙头草，总要倒向一边。这学校看似被老师们看管，其实也是别人的地盘，甚至是地盘与地盘的交叉地带。我们不敢打那些美女的主意，她们看似孤单地行走于校区或校外某条偏僻的巷陌，也别想着伺机挨近。她们身上其实沾满了焦灼热切、虎视眈眈的目光。

据说校外那些家伙都是跟壁虎屁股后头跑的。从那时起，在我们头脑中，壁虎再不是那种随时准备扯断自己尾巴的可怜虫。这名字，变得有那么一点邪性，未见本尊，但他分明就如壁虎一般无处不在。

我把麻烁的主意讲给满生听。满生意外，说这事情闹大，嗍几个螺，还要变成壁虎的跟班。我说你怕么？他笑，说我正好狐假虎威。

野泥塘里摸来的螺蛳泥腥重，吐了七天，换水才见清澈。老何看出来，这螺肉紧实，煮出来比以前的都好。方案两人讨论后得来：大颗的螺挑出肉，洗净，切开，和上酸椒、紫苏、黄皮酱劲火爆透；小颗的放钢精锅里煮，怕不透油盐，先用炒锅分三锅和料焖熟，再放进大锅慢慢煮到酽稠。

壁虎进来时我没意识到是他，直到满生跟在后头，拎两瓶酒，细麻绳在酒瓶上扎成网袋状。壁虎个子并不高，五英尺八英寸的满生高他大半头（谁叫他跟麻烁是堂兄弟哩），但身体异常宽，有些不合比例。他穿一条有皱纹的中山装，头发像一本书往天上摊开，似乎想装扮成坐办公室的小职员。他俩走进来，麻烁说这是我堂哥。老何点点头，说今天的料好，螺蛳等会儿出锅。赵老师盯着满生，说你怎么来了？满生把酒搁在桌面，两瓶"丹山特曲"，说八块七一瓶哦。壁虎说是我带他来的，一块嗍嗍螺蛳、喝喝酒。赵老师这才认真看看壁虎，并说，你带来的？

满生抢着说，这是我壁虎哥。

不要叫壁虎哥……壁虎认真地说，虎哥，就虎哥。

壁虎的名头在花果山一带可以当钱用。老何问，你就是煤炭公司老司机麻镇隆的儿子？壁虎说，死了六七年了。老何又说，麻烁是你堂弟？看上去不像。壁虎说，亲兄弟都一人一相，堂兄弟哪有像不像。赵老师还要讲什么,老何给了个眼神。这时候,两口子又能用眼神说话了。我看着赵老师脸皮很快憋红,而满生,他已经给每个人筛酒。煮螺蛳还在收汁,我把炒好的螺端上桌,麻烁就说,请德高望重的赵老师开席发言。赵老师说,你家江瑛妹今天怎么没来?麻烁往外打望,江瑛妹这时刚好踩进门,不看人,看桌面,问螺蛳还没煮好?人齐了,赵老师发话,和你们学生崽喝酒,是第一次哟,以后不要经常这么搞……她喘了一会儿,大家以为话说完,正要喝,她又说,搞酒是搞酒,搞完了各回各屋,不要搞人。要是再出事情,就不是刷屋敬神这么轻松,我也懒得麻烦,直接打110。你们说好不好?大家齐声说,听你的。说完,吭的搞第一口。

搞酒时,壁虎眼睛盯着江瑛妹,侧身跟满生耳语起来。这时候,两人现出熟人的模样。满生一边听一边点头。壁虎做出惊讶状,竟也是挠嘴。

我的注意力自然在壁虎身上,这么个大名鼎鼎的家伙,今天看到活物。他和我想象中不一样,怎么说呢,他越是想显得彬彬有礼,脸皮越是绷紧,笑的时候嘴角纹路异常清晰,显然他的表情肌群还不适应微笑。我大概知道,这种变化与他们在录像厅看的片子有很大关系。早几年他们看香港片,以为街上混就要摆出凶相,告诉每个人"不要惹我";这几年又看不少欧洲片,忽然发现,混江湖玩帮派,最要讲礼貌。因为,最讲礼貌那个,片尾时候总是最狠,绷着的脸皮一揭,大杀四方,神魔难挡。

我以为壁虎肯定能喝,毕竟是花果山响当当的人物嘛,没想到,只嘬了几小杯,三两不到,脸皮有些垮。

一锅煮螺蛳端上来,分了盘,大家趁热嘬起来。除了鲜香,当天晚上,那一锅汤汁和螺肉仿佛都有异常饱满的情绪,在唇齿间跳荡。我们自顾吃,壁虎竟然率先来了状态,一刻不停地叽呱着。他刚才面皮绷得紧,似乎提醒自己少说话,但人非圣贤,本性难移,爱说的终是要说。我看他不像是喝出状态,而是开口一说话,说了很多,脑袋里一抽,还当自己喝了很多。喝了很多,这样就说得更多,他的烟灰落进装螺蛳的碗里,喘气的时候他嘬几颗螺蛳,嘴角就有烟灰。

虎哥,这里……满生指着自己的嘴角,给他提醒。

你就当没看见嘛。壁虎把油嘴一抹。

……呃,我以前是进去过几次,短期培训。你们这条街我来得少,但是十几年前,说实话,有哪条崽子等着冒头,有长成孙猴子的想法,我就带弟兄先给他搞搞明白,防患于未然,懂吗?就是先下手为强。你们这条街,算是老实人多,但我刷过顶上头梁家的老二,还有马家马小宇,魏主任家的明辉,还有……反正起码刷过五六个。后来他们在我的教导下,都变成好人,好好学习,有的甚至走上领导干部的岗位。他们现在见我还打招呼,叫我虎哥,我应;叫我春强哥,我不应,妈的,我刷过的孩子,敢叫我名字!但我遵纪守法,领导我不刷,表示对他们的尊重……我没刷过你家孩子对吧?你家两个女儿一个崽?你的崽我没印象,读书一直厉害。爱学习的我从来不刷,那是民族的希望,那也是你们在自己家里刷得勤快。你们是对的,自己舍不得刷,屋外头总有人替你们刷。

壁虎越喝越密，显然也是个喝滥酒的，这倒让我意外。谁说老大都很能喝？三两就摇的家伙，人家照样当老大，能说不是么？

赵老师和老何自然是想早点撤。

……坐下，坐下，我敬你们一杯，还有好事要商量。壁虎说着呼地站起，那一头，两公婆赶紧坐下来。壁虎说，摆明说吧，我看上你们这套房子，卖不卖？两公婆面面相觑，不知怎么回答。壁虎把桌子一拍，噗嗤一声，又说，开开玩笑，这么大的房子，我只能买一间厕所，但我又不能专门跑过来上厕所，对不对？开开玩笑，虎哥最喜欢开开玩笑，搞搞气氛……但你们这个位置太好，这个食堂也不错……不对外经营，凭什么？要不，我也入股，我们联合经营。做什么？就卖煮螺蛳嘛。你们可能不晓得，煮螺蛳现在可是一门好生意。为什么？整个广林，絮壳断供了，边境查得严，货过不来。我为什么知道？问得好，因为广林大半的絮壳，都要走我手底下出货。

其实哪有人问他。壁虎养成这种话语方式，看着有些魔怔，像是冥冥中另有一人在他身旁。他又说，嗍螺蛳我是好多年的瘾头，天一黑就要搞三碗。絮壳断了以后，煮螺蛳不是以前的味道，能要我半条命。所以说，麻烁在这方面有天赋，每天过去帮着我一起搞，用别的各种料替代絮壳。这也不是科研，要的是耐心，配料和数量增增减减，慢慢搭配对路。螺蛳入味不容易，没有絮壳，其他的料就下得重，煮的时间短，味道进不去，煮的时间长，螺肉又全被料味盖掉。麻烁想出办法，煮开后螺蛳和汤分离，汤冷了再浸螺蛳，浸的时间把握好，再一煮开，嘬到嘴里味道正合适。味道其实变了不少，他用一种新的味道，代替以前的味道。你们肯定没察觉，或者两样都好吃，吃了现在这个味道，把前面的味道忘掉。我知道情况，真是只有我家麻烁才能想出这一堆主意。

他这一说，我自然也明白，前面有半个月麻烁每天晚归，是在搞这项试验。

壁虎冲老何说，螺蛳现在煮出这味道，指定好卖，你们不要看不明白，看明白又晚了一步。我这表弟，这个身板，哪是搞建筑的料，不如以后专门煮螺蛳。明年毕业，就在你这里做生意，先把总店开你这里。老何无奈，手指往身旁一撇，说家里的事赵老师说了算。壁虎便又冲赵老师说，生意先搞起来，我只要招呼一声，前山后山、苗圃、园林管理局、煤炭公司、水电宿舍、荣复医院、职业病院、石煤研究所、蔬菜村那些兄弟，全都跑来，来你这里嘬螺蛳。只嘬一碗的没有座位，站着嘬；有资格坐下来的，每人起码嘬三碗五碗，每天嘬十锅八锅的，能不赚到手软？你们都不要搞服务，我来找妹子，不要太漂亮，要性情温柔。她们推销啤酒，哈啤要么，那就来黑啤。螺蛳里辣椒粉往死里放，嘴皮一疼，啤酒就最好卖，砰地一打开，又是钱……

赵老师的脸憋成紫红色，嘴角不停哆嗦，眼看要爆发。麻烁及时过去安抚几句，方才平息。后来麻烁告诉我们，当时他劝赵老师不必理会。壁虎就这样，酒一醒说过的话全不记得。赵老师、老何挣扎着要走，壁虎还扑过去和两老拥抱。抱老何没感觉，抱赵老师发现有分量，来劲了，壁虎一咬牙把赵老师抱得离地两尺。赵老师剧烈摇晃,有了苍老的尖叫,壁虎才把人放下站稳。

原先的两瓶酒,喝了一瓶半,壁虎正在兴头上,掏出一张二十元,递给满生。壁虎说,去门口店子,买两瓶最好的。老何说,两瓶最好的?赵老师赶紧说,够的够的。

江瑛妹嘬了两碗,到了量,也不留恋,要走。你不要走,坐过来!壁虎暴喝一声,食指一撅。江瑛妹就过去,坐在壁虎和麻烁的空当里,一下子三人便融为一体。壁虎说,我听说麻烁一直很喜欢你,你还给脸不要脸,每回吃完就扯脚走人。江瑛妹不知道怎么回答,取根牙签掀牙。壁虎说,麻烁,麻烁……麻烁刚才还没事,不知几时趴在桌上,醉得很严实的样子。壁虎说,跟我装醉是吧,一说到紧要的你就装醉是吧?正这么说,麻烁哇地一声,真吐了出来。壁虎指示我把麻烁扯进里间,洗一洗。我扶麻烁往里走。

壁虎这时又冲江瑛妹说,听说你是学校里的搬砖冠军,一口气搬几块?要不要搬我试试,估一估,我抵得上几块砖?

麻烁吐了就好,水龙头底下抹两把,回过神来。往回走,我见壁虎捏着江瑛妹一只手,要比握力。壁虎说,你下力气,尽管捏,我捏遍花果山,找不到有人扛我三秒。江瑛妹说,那我试试。壁虎说,赶紧来!江瑛妹这时额上青筋暴起,嘴角一咬。我情知不好,果然,壁虎就像挨了高压电,没有过程,毫无挣扎,直接往地上一瘫。

后来,壁虎爬起来,一脸神游天外。好一会儿,他说,妈的,麻烁你真是老鼠想日猫,不要命了。唉,美女美女(他还在江瑛妹辽阔的腰际轻轻掐一把），以后你跟着我。你这一身好肉，不拉出去打几架实在浪费了。

七

不知哪时起，嗍螺蛳固定在最大那张桌，大家围着桌嗍起来，嗍螺蛳嗍出来的哨音都比以前拖长，此起彼伏，桌心摆的那一锅螺，一碗一碗往外舀，一点一点矮下去。最后剩下汤，浓黑颜色，固然香，但那汤稠得像老酱油，嗍螺蛳时吸吮指甲盖这么大一口倒不打紧，要是操起调羹连喝三五口，保准半夜稠醒，起身找水喝。热壶里的水浇不得，或者睡前凉一杯子水喝下去浇不灭满身起火，只好拿杯子往厕所水龙头跑去，咕嘟咕嘟灌下去几杯生水，才压住。再往回走，肚子里有哗哗的水响。那时的自来水质量不好，有时打一桶搁两天，水体里会梦幻般浮游着一层绿藻，直接灌下肚，谁的肚皮都不是铁打的，这就很容易拉稀。好在年轻人身体底子都不差，吃几片泻立停，当天堵住。正好那药片便宜，七角钱一小袋几十片，堵稀止泻成本低，多来几回反而泻得有了快感。

虽然心存余悸，每回见了螺蛳汤又禁不住，一勺一勺灌到嘴里，舀到最后一层油花荡开，锅底绽露金属原色。

……螺蛳汤才是精华，最好的味道都在这，也必须最后喝。满生打着嗝，发表总结。他喜欢发表各种总结。本来他说这汤留下来，第二天一早浇在面碗里，也是一种吃法。广西人喜欢吃螺蛳粉，其实就是螺蛳煮的汤。说是这样说，螺蛳汤从来留不到第二天早上。于是，满生又总结出来：嗍螺蛳，每口只嗍一点点汤汁，其实是逼着人耐下心性，慢慢把情绪撩热，把胃口吊高，犹如男女调情，那也叫前嬉，押得越久越好，不是么？最后露出底汤，精华所在，哪按捺得住，非要猛搞几调羹才行。要不然，就像干那种事，捱到最后不出来，满心都是当太监的委屈。

满生搞的总结和领导总结不一样，领导一总结大家打瞌睡，满生总结起来一次次把现场气氛搞嗨。煮螺蛳摆在食堂，总有新的住客站一边打瞟，麻烁邀人家来尝一尝。满生便以有新面孔为由，每次舀汤喝时都这么总结，不怕重复。那时生活里就那么点事，每天的内容基本都是不断重复，哪又有那么多新鲜话说？说得好的段落，自然成了保留节目，满生把现话再讲一遍，一旁的人便在适当时候一起笑开，越配合越整齐。麻烁也摆开席长姿态，多次重复地夸，满生来得好，天生会搞气氛，有你在我们嗍螺蛳才嗍得出稳定的高潮。

哪天螺蛳嗍尽汤也舀干，完了没听见总结的话语，才想起满生这天没来。又有一两次，到了该总结的时候，满生把嘴闭上。我看他本是想喷总结，眼睛往桌对面睨一眼，或是因为江瑛妹也在，满生便把嘴皮闭紧。江瑛妹嗍螺蛳但不舀汤，螺蛳嗍完，起身走。有时候，她往碗里舀螺蛳舀多了，我们用调羹喝汤她还在嗍，喝完汤满生见她还在，就没有总结。

满生刚回归这里不久，有一天看她虎背熊腰的身影从门洞消失，也有总结，说吃得多的人，往往吃得淡，要不然油大盐大烧心烧胃。麻烁说，满生真是天知一半地知全啊。满生听出语调，江瑛妹是不容妄议的。在这里嘲螺蛳，麻烁讲话是有分量的，话音落得轻，情绪却挂得准。

我自然注意到，满生和江瑛妹一桌嘲着螺蛳，虽是老乡，几乎不搭话，搭上话也不会好好说。满生喝了酒，跟人讲自己初中在竹梁镇混的时候，就已混成一号人物，别看貌不惊人，也曾干下几桩狠事，至今竹梁镇上的人还不敢忘记……他眯着眼，把狠事一一讲解。大家都知道他沾酒就爱吹，或者把别人的事情讲成自己的壮举，但不戳破。就像我们翻看的那些小说，作者总是喜欢用"我"说事情，一会儿是个好汉，一会儿是个孬种；一会儿是个色狼，一会儿又成了风骚女人，简直雌雄同体……谁又和他较真呢，只看故事扯得好不好。江瑛妹却在一旁冷笑，有一回还打脱了声音，说梁三全的事全跑到你身上了。满生睃一眼过去，脱口就说，放心，你的事情到不了我身上。江瑛妹不再吭声，满生也一下子委顿不少。旁边的人开始催他继续回顾那些狠事，并说，李满生，我们这一桌，你不兴奋起来，我们都不来情绪。此时麻烁有总结，是啊，满生就是我们的……他一时顿住，旁边有人凑过来说，蛋蛋？但麻烁是个斯文人，不是这么措词。他说，怎么能这么说哩，应该说，满生是我们的荷尔蒙。便有人问，荷尔蒙老听人讲起，到底是干什么的，满生跟他长得像？

满生说，记串了，酒一喝，别人的事我还主动兜过来。

元旦那天，学校有晚会，我们不上节目的统统没去，照样嘲螺蛳，狠狠地煮一锅，还凑钱买几瓶酒。这一阵随时聚，大家的酒瘾和嘲瘾（满生首创并在小圈子内迅速升温的词）都同步提高，一锅煮螺蛳让我们像是找到了组织，于是又派生出另一个词：嘬友。嘬友们早早地上桌，因麻烁没有现面，多等了一个多钟。天黑前江瑛妹临时接到通知，要出席一个表彰会。作为校运会纪录保持者，她又上台从校长手里领到一张面积最大的奖状。现在她上台已有台风，一排受表彰的女同学，她个子最高大，站在正中央，奖状也最大，与体形匹配，显然校领导也是用心安排了这些细节。上面一盏追光灯直直劈在她头顶，使她周身散发起光芒，萦绕以光圈，头光连着背光，漫漶一大片……麻烁守在台下，等着她，仰望她，那一刻他看得现傻。当时还没"女神"这样的称谓，但他接下来一首诗就有，这是油然而生的一个词。那诗我记不住，只记得有这么两句：别人的女神把梦境撑满，我的女神把视野撑满。我们一看，都说传神，肯定撑得很满。

他带着她往回走，我们趴在二楼栏杆上以目光迎接两人，巨大的奖状对折，像一块夹板，夹在麻烁的腋下，把一侧肩膀顶高起来。

一帮兼有酒瘾和嘬瘾的人，凑一起摆开架势，今晚上一定要比平时更嗨。而赵老师早就打招呼，喝酒必须总量控制，她那里不再卖酒，谁出去买往门里带，不能进门。下了规定，赵老师和老何各舀一碗螺蛳，自行离去，场地留给我们。现在两老有那么点德高望重的派头了，知道适时离开，不和年轻人搅一起。所以，每次煮螺蛳先孝敬两碗，也不是白瞎，它甚至能让两个老人多明白一些做人的道理。最近我看到老两口走一起搭着肩，突然有这画面，还当自己看错。但我恍惚揉眼间，两老已分隔开一个身位。他俩像是活到跟亲密有仇的年纪,偶尔得来一丝亲密的想法,真不知是被啥东西突然唤醒。

趁着节庆的气氛,远处还有人放烟火,夜空撕裂,亮了起来,大家情绪也都起来。嘣友多是文学社的,表达情绪爱念诗。满生也不落后,轮到他没什么犹豫,直接站起来。显然,他是有准备的。他说,现在我背诵一下著名诗人林火的代表作《嘣螺蛳》。他背了起来,我没想到这家伙会背诗,就像黑夜里你碰到一个抢劫犯,他忽然请你跳个舞。他背诗却是像模像样,声调气韵全变了,嗓子里还藏着一副嗓子。我知道这家伙以后肯定能混,知道怎么搞关系,这时候把麻烁的诗背得这么深沉,保准一字不差,一听就必将成为保留节目,以后每顿嘣螺蛳,麻烁更加离不得他了。

一路背到最后,拖沓而铿锵地读出"初恋"两字,大家报以热烈掌声,掀起新的高潮。唯江瑛妹不懂味,闭目猛嘣,脸皮有烦躁的表情,像是满生的声调串了螺蛳的好味道。满生这时的不爽有点收不住,他说,江瑛妹,这首诗是写给你的,知道么?江瑛妹缓缓抬头说,写给你的。

终于,螺蛳和酒同步完结,杯底空空,锅底油汤散开最后一圈涟漪。满生正要走,麻烁说,你还没有总结。每次那个总结,就像《难忘今宵》,不唱怎么收得了场?满生看了看对面的江瑛妹,只她一人还在嘣,她的碗底像是特别深,摸来摸去碗底总是还剩几颗螺。满生嘴皮一咧,又像以往那样,以性爱和高潮总结当天的嘣螺蛳。我们鼓掌,并吹起唢哨,结束当天分量十足的欢悦。江瑛妹偏就把脑袋一偏,摆出要哕的样子。

麻烁像与江瑛妹接通了心灵感应，江瑛妹样子一做，麻烁喉咙真就一耸，有一股浪潮回涌，赶紧转身往卫生间走。我们也不奇怪，麻烁喝酒本事浅一点，最近哕了几回，但哕完下次照样喝，量不够胆够。满生说，真是的，还没高潮就呕了。声音不大，江瑛妹的耳朵竟也是往这边扯的，她说，李满生，那天赵老师踢你房门那时候，你高潮了么？满生脸皮一白，说我这要悄悄告诉你。江瑛妹咧嘴一笑，说你靠过来试试。李满生哪敢靠近，壁虎上次突遭电击，画面还在脑袋里慢镜头播放哩。

我估计满生和江瑛妹以前发生过些什么。又一想，更大的可能，两人之间什么事也没有，只因从同一个地方出来，难免有所顾忌。满生知道江瑛妹以前的事，众所周知，他天生就是一个漏勺。

元旦过后没多久就放假了，一帮嘲友凑一起把裤兜掏一掏，这时候也不留财，再嘲几顿走人。最后一顿是元月十三日晚上，中午就下起雪，上坡打滑，但气氛真是好，122号学生公寓也挂起几枚红灯笼，我往坡上走，老远看看还有股暖意。当然，我提醒自己不要矫情，住这地方，是暂时也找不到别的地方。赵老师随时找茬的表情，在我数次刚要进入咸湿的梦境，便忽然噌地出来。

必然的，大雪夜嘲螺蛳，不搞酒不行，酒一搞又有点多，螺蛳就嘲得少。江瑛妹按理说可以放开了嘲，平时嫌她吃得多，这天正好把她当清理工。但那晚她竟然控制了，只添一碗，嘲完就要走。麻烁说，江瑛妹，你这么急着去哪？江瑛妹说，我要去堆雪人。麻烁说，能等一会儿么？江瑛妹问等多久。麻烁说，我过去就回来，几分钟的事情。江瑛妹说，哦。

这几分钟江瑛妹也不闲着，锅里划拉一下，舀一小勺螺蛳又嗍。麻烁进去出来也就两三分钟，捧来很大一个盒子，外面包着彩纸，还有精品店才能扎出的绸带花式。江瑛妹把东西一搂，道声谢谢，依然要走。麻烁这时嚅着嘴皮，没声音。满生适时地开口，江瑛妹，别走别走。

关你什么事？

满生麻起胆子，抢到她前面，拦住去路。满生这时走路有点儿晃，刚才他和我与麻烁都咣了个大的，正好到了江瑛妹一走便可以敞开胸胆讲荤段的时候。

江瑛妹竟然站住了。我看出来，她闪过像坦克一样轧过去的想法。

你怎么不懂事哩……满生两手一伸，轻巧地就将那盒子取了过来。又说，你当着大家的面，东西打开一下，做个樱桃小丸子的惊喜状，说声谢谢，晓得啵？

为什么呢？

这是麻烁给你的新年礼物，意义重大。前几天他还去卖血了，晓得啵。收礼物也是有讲究，这个，一定要给大家分享。

真的卖血了？

扯么。麻烁一脸苦相，知道满生是给他帮忙，但酒一喝，场面必然有些失控。

呃，好！

满生把东西摆回桌面，江瑛妹过来，一手扯开绸带，把里面一个东西拽出来。她手大,像NBA那些大神,捏只篮球就像捏一个橘子。里面是一个钟形罩,罩里有个穿舞裙的外国女孩,不晓得是瓷烧的还是乳胶捏的,肤白如雪,正踮起一脚,跳芭蕾的动作。麻烁说,不急,还有哩。揿动底盘一个钮,罩里忽然明亮,却不晃眼。女孩伴着发条音乐转起圈,不疾不徐。最厉害的,我们看见钟形罩里面不停地下雪,比我们屋外夜空大得多的雪。大家凑过脑袋去看,这东西很少见到,但大家一眼能看出一种高级。在我们平常嘲螺蛳的桌上,一个外国美女在雪夜中跳舞。我们的眼被喝急了的酒一浸,一双双都带血丝,看着切近而遥远的美女,有几分虚幻。我还看出女孩是小朋友的脸,胸却耸得那么精致且傲岸,令人猝不及防。有好事者,忽然关了灯,钟形罩里的光铺满整个屋,雪花的影迹在墙面上滚,每一片都足够放大。分明是真的下雪,落到底盘又堆不起厚度。

好了,不要浪费电池。麻烁将灯重新拧开,将钟形罩摁熄,问她,喜欢吗?

喜欢。江瑛妹笑起来,看得出,真喜欢,不喜欢都是讨打。那时候学校的小伙伴们搞搞爱情,男同学给女朋友送一个指甲钳套装,或是一个相框,而女同学通常空一个罐头瓶,用电光纸折幸运星,塞满了送男朋友。

满生说,这个东西蛮贵的哦,精品店里见到过,小号的都五十多块,这个大了一倍……

麻烁说,不说这个。

满生说,江瑛妹,这个东西不能白拿,你要答应给麻哥当女朋友。

麻烁说，不是这个意思。

江瑛妹说，那我不要了……

不要给脸不要脸……

当时，满生真的飘出这么一句。我在他旁边，赶紧扯他衣袖，但他把我的手甩开，冲江瑛妹继续说，以前梁三全给你一条假的金链子，你不就跟了他三个月？

关你屁事？

……梁三全说是24克金，称下来有这么重，多的梁三全绞断了，接起来，你就真以为是24K金。24K，24克，哈哈，梁三全到处说那串假链子一共花了七块七……你看，江瑛妹，谁对你好你不懂味，谁一绕你你就晕……

好了，这东西我不要了。现在，谁有24K金，24克以上，再来找我，少一两都不行！

她扭头就走，不用推门，巨大的身板带着气浪，所到之处门都像是自动给她打开。风顺着她身体和门框隔成的缝隙尖啸着灌进来。被她抛弃的那个礼物，据说事后麻烁自己砸了。

八

我们还在122号学生公寓住了一个学期。

螺蛳也接着嗍，因为有嗍瘾，回家的一个月也找地方嗍，涨到五块钱一碗了，没多少颗，里面还埋雷，牙签一扎一颗大蒜，心疼，再一扎又是魔芋，心头滴血，便认识到只有自己凑份子，麻烁煮出来的螺蛳，才够我们一饱口腹之欲。返校头一天，又等不及煮一大锅。江瑛妹迟迟不来，赵老师还主动提供信息，说江瑛妹下午的时候到了，有一辆柳微送她来的。赵老师说，柳微上我们这坡，响得都像拖拉机。在座有两个女嘲友——当然她俩是要凑份子的，麻烁叫其中一个上去叫江瑛妹。女嘲友转眼带话下来，江瑛妹现在减肥，不嘲了。

呃，江瑛妹减肥了。我说。又有个嘲友接话，说江瑛妹都能减肥，看来今年要出大事。大家笑起来，叫麻烁启动当晚第一杯。

隔一天见到江瑛妹，注意地盯一会儿，好像真的瘦了，但还是那么庞大，基数太大，肥一点瘦一点并不明显。报餐的时候，她只吃一份。接下来，我们都注意听老何登记报餐。江瑛妹报了午餐一份，然后，老何问，晚餐呢。她竟然说，晚上不吃了。老何说，你不吃怎么行？她说，不吃了。有了第一次，隔两天又有第二次。女嘲友说，江瑛妹在房间里自己弄，用一种粉末兑开水，稀稀糊糊地两茶缸，喝进去。可能还有其他辅食，江瑛妹躲到帐门里，一个人窸窸窣窣吃起来，就像老鼠啃皮箱。

麻烁问，她吃得多么？

听不出来……响一下又不响了，隔一阵又响。

满生又总结，江瑛妹减肥，房间里闹老鼠。

麻烁睃他一眼，不吭声。

有时候麻烁故意翘下午课，提前把螺煮好。老何开晚饭，一锅煮螺蛳已经搁在桌心了。看着江瑛妹来吃饭，麻烁说，江瑛妹，嗍几颗，当菜。江瑛妹也不拒绝，舀几颗搁在碗里，还舀一勺汤浇上去，搞成螺蛳盖浇饭。后面我们也这么来，只消浇一两调羹，满碗饭粒全都骚动起来，嚼起来果然上瘾。江瑛妹不再坐下来吃，毕竟，胃口还在，螺蛳又是用壁虎最新送来的料煮成。她把饭端回宿舍里。

碰到她不吃晚餐的日子，麻烁会叫女嗍友装一小碗，插几枚牙签，给她带上去。回头一问，说江瑛妹嗍完了，但是表示下次不要再送。麻烁接着送，江瑛妹照样嗍。有时候加了量，舀一满碗，女嗍友回话说江瑛妹减肥下了狠心的，拿到手上先往垃圾桶倒大半碗，再一一嗍净。

那辆柳微车后来还来过两次，停在门口，司机是个三十来岁的男人，身形也是巨大，停下车要找块石头垫在轮子底下。我看那个人，在想这两个巨大的身胚往一块交叠，中间形成的缝隙都足以钻进一个麻烁，那么他俩怎么弄？我反倒觉得，麻烁之于江瑛妹，应是具有足够的灵巧，他俩凑一块生活，说不定有一种"见缝插针"的便利。我这么想时，满生站在我一旁，说丁小宋你看着人家坏笑什么哩？我也不知自己脸上几时涌现了坏笑。满生说那男的眼熟，也是竹梁镇上的，说不定是江瑛妹的亲戚，不能确定。我说你用不着宽麻烁的心，麻烁本来也没有机会。看这架势，江瑛妹一毕业嫁人也不一定。满生说，麻烁说不定哪一天猛地一醒，浃背都是虚汗，心里会说，我这是怎么了。我点点头，觉得似乎每个人都要有那么一回。恋爱不是必需品，失恋才是。

很快就五月了，花果山上又开始有野地里撒欢的。一天早上去学校，听他们说昨晚上又有抢劫，又是照撒欢的男女下手。我首先想到老生们说起那些场景：抢匪们高声泄露着人家的身份证信息，扬长而去。下午有了更多细节，说昨晚被抢的男人不是吃素的，是城西木材检查站一个刚上班的退伍兵，练过武，而且还有武器。武器有多种版本，最可靠的说法是镖盒。那东西我见过，最近在广林也卖得爆火。盒子跟眼镜盒差不多大小，里面插数根三寸长的钢镖，一揿机关发射出去，可单发可连发，最多可装十几枚钢镖。我见过那个是六连发，是从浙江那边邮购，信息刊登在《武术》《竞技体育》一类杂志末页。邮购的东西往往名不符实，买来一把龙泉宝剑剁不断猪耳脆骨，但偶尔能买到货真价实的。那次我见有人用镖盒发射，啪啪啪响了六下，每只钢镖都射穿一块贴有"建工专业技能实训中心"字样的木牌。木牌两厘米厚，钢镖透了木板两头，都拔不出来。给我们展示发镖的大哥跑去厨房借一把菜刀，把木牌一绺一绺劈开，才将钢镖悉数回收。

晚上被抢的那位兵哥，早有准备，掏出镖盒来个连发，抢匪好几个中镖，惨叫不迭。兵哥穿衣起身后又撂倒几个，到底寡不敌众，抢匪人多，兵哥终于被撂倒，眼看着会有一场痛殴，110的车子忽闪着暗蓝色灯光及时赶到，抢匪悉数落网。翻过一天，又得到新消息，说他第一镖发出去，明明射中一个极矮个头的家伙，但事后去派出所指认，发现那家伙并不在场。

那几天，我们没见到麻烁。见到时，是周六下午，临近饭点的时候。一连几天没嗍螺蛳，正要想念他，却已然明白，以后很难吃到他煮的螺。麻烁瘸着腿，从山脚一点点往上爬，四楼阳台的人率先看到他,高一层就有更宽阔的视野啊。一声吆喝,我们全都堆到围栏里面,看着他一截一截地向我们靠近。我想着是不是下去扶他上来,却奇怪地摁熄这一想法。他爬得慢,但爬得稳,而且在这个时间点,看他艰难地往上移动,有种说不出的力量感。大家都静默地看他,看得如此认真投入,此时我若过去搀扶,强行挤进只属于他的画面,说不定有点讨人嫌。

他的事,我们这几天当然都已搞清。那天晚上,他去了壁虎家,几个人在阳台上嗍螺蛳喝酒。壁虎家的螺蛳自然也煮得很好,毕竟干这事麻烁都是师从于他。壁虎家的阳台在二楼,挨着一条上花果山的路。天黑的时候,麻烁看见一辆野狼摩托飙来,因煤炭公司的大车挡道,摩托在他眼皮底下停了一会儿。一个男的搭一个女的,壁虎一看就说,又是上山打野炮的。而麻烁,盯着女人脖颈上一条项链,那颜色,他不懂黄金,但看出色泽暗沉质地饱满。女人的长相穿着,也不至于去地摊上挑首饰。

壁虎叫来两个兄弟,开一辆夏利往山上去,沿途找那辆野狼摩托。人只能在摩托不远的地方。而后面的事,就和前面听闻的抢案消息串了起来。壁虎本来是让麻烁在后面盯,他自己上前动手,没想到那家伙掏出一个东西就照这边杵,壁虎情知不好,身体一侧,第一支钢镖扎进三丈外的一条腿。兵哥跟警察说得分明,说那家伙刚好从一块石头后面冒出来,他射出那支镖,看见人比石头矮一头。现场一扯皮尺,那块石头跟满生差不多,五英尺八英寸,不难算出,头一镖镖中的家伙身高过不了一米六,而逮去派出所的几个抢匪,怎么着也在一米七以上。兵哥说他不可能看错,那女的也进一步证实,她是他女朋友,两人确属恋爱关系。问他俩为什么要去野地里撒欢,两人说,不过是躺在草皮上数星星。

警察到附近医院诊所查找腿伤的,很快把麻烁揪出来。后面是阙光弟逼着校长出面摆平这事。校长老婆正是阙家老八,阙光弟名字取好以后家里落生那唯一的小妹。校长和那边反复交涉,这边也和阙光弟商量,人尽量保下来,但以后这孩子再不能出现在我们学校。其实建专一直以来以最大的气度包容学生,从不开除,除非学生自己犯了法。

恍惚间,麻烁已经迈进院门,赵老师离他几米远,狼狗一样盯着他。

前面阙光弟已和赵老师打了招呼,麻烁清好东西就走。出这种事,也是给我脸上抹黑。我怎么碰到这么一个家伙!赵老师说,押金不退。阙光弟说,随你吧。阙光弟转身走时,赵老师还在背后嘀咕,以后那间房租给鬼哦。

赵老师,我收拾一下东西。

快点弄!

这时候我们可以帮他,去那熟悉的楼梯间。他微笑,一如往常,不说什么,直接收拾东西。我们也动起手,小小一间屋子,真没几样东西可收拾。这时候他站定,努力想着什么,眼神有些呆滞。几天不见,他像是多了一些新的表情。然后他说,我出去一下。我们赶紧说,去吧去吧,我们几下子弄好。

正要接着弄,忽然听见外面传来喊声:江瑛妹,江瑛妹!

一听，这嗓音只能来自麻烁，但也焕然一新。我们听惯的嗓音忽然飙起来这么高，里面隐隐夹杂着哭腔。接下来的几声就更明显，我没想到麻烁也喊得出这么细高的声音。走出去，对面女生宿舍铁丝网后头和围栏后头一样站满了人，这院子此前肯定没有如此人头攒动的时候。赵老师走近几步，冲麻烁说，不要鬼喊鬼叫！麻烁还是听话。

对面楼的走廊里没有江瑛妹。不须细看，余光一瞟就知道，只要她出现在视野里，眼皮会像掉沙子一样硌一下。偏就有个女生，手罩成话筒，冲下面说，她在里面。

麻烁瘸着腿往里面跑。赵老师想横过去几步用身体堵住杂货铺的门，那是通向女生楼唯一的通道。麻烁瘸了腿，依然比赵老师快，就快那么一点，赵老师手伸出去空空地一捞，把自己带出个趔趄。麻烁上楼时一步想跨两个台阶，虽然个矮，平时也不是问题，但那天他只跨了两次双台阶，就换成一步一个台阶。赵老师漫天地叫唤，何焕青，何焕青……老何赶紧从食堂出来，说我就在这儿，不要大声。赵老师手一指，说，快把麻烁抓出来，他跑进去了。

抓他搞么？

他进到女生寝室，去找江瑛妹。

那他自己马上就下来。

你要死了？他是什么东西，天天喂你们吃鸦片壳壳，还抢劫，什么卵世道？

那天不都说了么，麻烁不用絮壳照样煮出好味道。

壁虎说的，毒贩子说的，鬼才信呐。赵老师一只手揪住老何手臂,说你赶紧把麻烁揪下来,往外扔。

赵丽群,我都要死了,怎么揪得动他?

你还没死。

他的哥哥是壁虎,你要晓得,这个家伙我们惹不起。

壁虎已经抓进去了,有什么好怕?何焕青,我跟着你,我一辈子都活得不像人,这个年纪还被一个小矮子欺负。

不要多想,他进去是要下来的,不会在里面过夜。

× 你妈何焕青,你自己去里面过夜。

你不要再 × 我妈了,我妈早就死了!

老何扭身想回他的食堂,他手上一直握着那把锅铲,上面还挂着将滴未滴的油珠。赵老师说着就动起手,冲着老何的脸,一边来那么一下。老何捂脸时,赵老师又把那只锅铲夺过来,照老何脑门子一拍,像拍苍蝇。老何这时脸色一变,揪起赵老师的衣襟。

你还敢揪我衣襟!

× 你妈,我还算不算一个人?老何说,赵丽群,老子忍你几十年了。

赵丽群反过来揪老何的衣襟,不知怎么一用劲,两人摇晃着就抱成一团滚到地上,彼此身体都已稀垮,想打滚还滚不起来,平躺着继续揪衣襟。我们用好大力气才把两人分开,想扶起来,两人不干,都坐地上。赵老师又骂几句娘,忽然哭起来,气息一紊乱,不停打嗝,哭一声拽出一串嗝,浑身直抖。

赵老师第二次动手,和老何又扭在一起,谁也不再过去帮忙;往后撤几步,围成一圈。打架这事还是男人干得起来,老何虽然瘦,几下子就骑到赵老师身上,就像他们年轻时候一样麻利。老何只扇了一个耳巴子,赵老师便一声不吭,用两手护住两边脸颊。老何喘着说,赵丽群,你以为我不会扇人,是吧?你一辈子扇我的,今天结个总账。赵老师两只手捂得更紧,老何自有办法,他用两只手掰下赵老师左胳膊,捋直,用自己右膝盖压住,再如法炮制另一只胳膊。这样,赵老师两边脸的门户大开,毫无遮挡。老何还调一调坐姿,身子略微后靠,这样胳膊可以抡圆抽个正着。抽一下,赵老师啊的一声,多抽几下,赵老师啊的一声便提前响起来,刚待抽泣,又是啊的一声。

我们说,老何,这样会死人。

老何停下来,找不准说话的人,眼神虚茫地说,会打死是吧?

我们一起说,会的会的哦。

赵老师说,要死了哦。

老何说,好,喊得出来就死不了。啪地又是一耳巴子。

大家正为是不是上前扯劝而陷入集体性焦虑,现场焦点忽地变换。这时候,我们的麻烁,搂着江瑛妹的手从楼梯口走出来。江瑛妹满脸都是笑,我们都看得清楚,事后可以互相证明。他俩走出杂货店,走出院子,然后往山上去。老何继续干他要干的事,这一辈子的账,哪是一时半会儿算得清的。我们不再理会他那摊事,全都出了大门,看他俩往山上走的背影。

前面一段是水泥路,上了一百米样子,水泥路有个急拐弯,但有土坎顺着没拐弯的路往山上延伸,两人是朝那条路走。路

173

是照着正西方向，落日在他们前边，我们满目逆光。麻烁腿瘸走得慢，疼痛我们都看得见。江瑛妹忽有些嫌，忽然把他一手挟起，夹到自己腋窝下。麻烁一边挣扎一边笑起来，要求江瑛妹将自己放下。这么被人夹着，换谁都很难受。江瑛妹就把他放下，他还没站稳，江瑛妹又绕到后面将他举起，同时脑袋往前一埋，麻烁就这样骑坐在江瑛妹肩头，一开始他试图挣扎，想叫江瑛妹把自己放下来，但很快坐直了身子。我们在后面吹起长长的唿哨，想叫他扭头，跟我们招招手比划一下剪刀手或是别的什么。他没回头。

多年以后，电视里有一段广告，"小时候，父亲是山……"配以儿子骑在父亲肩上的画面，总让我想起当天江瑛妹扛着麻烁往山上走那一幕。不同的是，广告里儿子全裸，父亲光了膀子；而那天，麻烁和江瑛妹都衣服笔挺，他就这么坐在她肩头，像骑一匹健硕的马。在一丛茅竹恣肆铺展的地方，两个叠加起来的身影，一转向，一齐消失不见。

范老板的枪

范老板一个电话敲给何卫青，心里并没底。好长时间没联系，不晓得是不是废号。一般爱惹女人的，爱在外面借驴钱的，手机号都换得勤，何卫青是两样都占。嘟几声，居然有人接，入耳的是洗牌声，哗啦哗啦，腾起莫名的欢悦。范老板心里暗呼一声，怪哉。

　　"卫青！"他沉痛地喊。

　　"谁啊谁啊？老范？"对方腔调里猛然地小有惊喜。

　　"搞什么搞？两个娃娃等着吃奶，你还在牌桌上赌！"

　　"是啊是啊，你说得对。今天怎么有心情教训我？"

　　"发财要不要？"

　　"你在哪里？就来。"

　　"在我办公室。"

　　"你上班了？"何卫青愕然。

"……自己弄了间,就在酒店里。你来,随便找个人问问,都晓得的!"

"那是,哪个敢不晓得!"

范老板等着何卫青赶来,他在巨大一张办公桌后面调了调姿势,又照了照自己。他没有刻意在桌子上摆设镜子,但现在很多东西可以当镜面用。比如文件匣子,是用有机板做的,还用金属漆处理过;比如酒店大楼的模型摆件,成像有点像哈哈镜,照着谁都能瞬间瘦下来两圈。范老板照了照文件匣子,又照了照摆件。他要把表情弄严肃点。

何卫青进来的时候有点吊儿郎当。他永远都是这副死样子,什么都无所谓,有钱敢去赚,但也不怕穷。范老板好久没有看到这个人,一看又熟悉了,好像昨天才见到。何卫青嘴角往上一扬,问他:"范老板,什么钱好赚?"

"不急。"他示意何卫青坐下来。何卫青顺从地坐在他对面。桌面真是很大很宽阔,两人相对而坐,也不好打牌或者下棋,说不定可以打打乒乓球。他把一个笔记本电脑推过去,那电脑底座擦着桌面滑了好远,还擦出尖细声音。电脑屏可以折叠,放平了像平板电脑,其实却是笔记本。何卫青搞过电器维修,善于发现这些隐秘的功能,顿生兴趣,将电脑屏折腾几个来回。但范老板可不是叫他来修笔记本。再说,修笔记本也发不了财。

"认真点,里面有个片子,我调出来了,你看看。"

"你叫我来看录像?"

多少年了,何卫青还把电影视频叫成录像。你能拿他有什么办法？有些人就善于冥顽不化，但从另一个角度说，这种人又往往靠得住。事物总是有其既矛盾又统一的各种功用。范老板用眼神示意何卫青只管看，但何卫青就像小学生，看了几眼又嘟囔："警匪片，这个我应该看过。"

"那你跟我讲一讲情节。"

警匪片的情节往往差球不多，要放嘴里讲，又不知从何讲起。何卫青没想到看片子还要回答问题（概括主要内容，归纳中心思想），只好耐心地往下看。他到这样的年纪，刚下牌桌，瘾还没过足，又要看一部警匪片，实在是强人所难。何卫青的屁股老是在蹭那张皮椅。片子其实不错，稍过一会儿他就端坐不动了，眼光放直。显然，这片子他没看过。

这是一部港产片，名叫《火枪》，讲的是一位龙头老大遭人打冷枪，没被打死，回过神，他就招来一帮小弟护住自己，让自己继续不被打死。

"我晓得了，这几个小弟，有一个是杀手，后来他把老大一枪打死。"

范老板盯着何卫青睃了几眼："卫青，你晓得就是晓得，不晓得就是不晓得。到底哪个打死？一枪还是两枪？"

何卫青脑袋只好勾了下去，接着看。范老板眼光一直盯着，就像监考，何卫青不好拿鼠标点快进。现在片子太多，上了网铺天盖地，只有想不着的，没有下不到的。何卫青习惯了跳着看，躲尿点，找笑点。

这警匪片竟是挂羊头卖狗肉。正当何卫青以为它是讲黑帮火并，它却讲起了偷人。这帮小弟个个好身手，保护老大可谓忠心耿耿，但有个小弟生性好动，干着本职工作，此外还抽出时间，顺便把老大的女人搞一搞。老大老眼昏花，但鼻子很灵，嗅得出奸情。也许老大心里有什么阴影，他决不肯当王八，要做掉女人和犯奸的小弟。兄弟情深，其他几个小弟想法子帮这犯奸小弟成功脱逃。《火枪》就讲这么一个故事。

范老板手肘支着桌面，手指托住腮帮。他相信这一姿势会让自己显出从容。

"看完了？"

"出字了。"何卫青眼睛还盯着电脑屏。

"看出什么来了？"

"呃，是一部说兄弟要够意思的片子。"何卫青一边说一边窥看范老板的反应。范老板示意他继续说。于是何卫青佥佥嘴皮子，像读书时一样蒙起了答案，"你看，偷情是两个人的责任，各担一半，是吧？这男的混兄弟场合，有一票兄弟罩着，所以他就能打脱一条命。这女的被包养着，没机会混出一票兄弟姊妹，出了事没人救她，就只好死了。"

片子确实这么演的。老大安排那个给自己戴绿帽的女人坐进一辆车里，刚坐稳，不知哪地方飘来一颗子弹，说打脑袋就打脑袋。

"这说明了什么问题？"

"关键时候，只有兄弟靠得住！"何卫青狠狠地把这结论吐出来。

虽然何卫青的回答和自己原先设想的有出入，但范老板认为，这勉强能算正确。他知道，这种题目不像小学生试卷，大都只有一个正确答案。年纪逐渐变大,人总是要面对一个个多解的问题,如果总能蒙对最佳答案,就能当老板,当领导;而那些老是找出勉强混分的答案,或者选择错误答案,就只好去当小弟吃瘪,当马仔卖命,就像何卫青这样。

范老板平日并不看电影,更不会通过电脑看视频。数天前,他意外地通过度娘扒出这部老片子。当时他在搜索栏里键入"怎样做掉奸夫淫妇"的字样,回车找见三万三千五百条搜索结果。范老板心口一热,看来同仇敌忾者为数不少。点开几个页面,大多都是搞笑帖。有一个帖介绍电影《火枪》,既有"做掉"也有"奸夫淫妇"字样,所以一同搜出来。

范老板大体了解剧情,是自己要看的东西。

范老板看这电影,感觉却不爽。一般观众会从兄弟的角度去看的,犯奸小弟脱逃,观众大呼过瘾;范老板却是从老板的角度去看。片中龙头老大一出场,被仇家追得鸡飞狗跳,每走一步都战战兢兢,看他真够窝囊。范老板对电影里的老大有那么点同情,特别是老大的女人偷人现出端倪——而且,也是和司机发生的奸情。难道老大的女人都喜欢惹司机吗?司机的老二也总是比老大的老二更好用是吧?看到这里,范老板又想,反正人家待在香港,有钱人犯了法大概有的是办法摆平,对吧?既然如此,杀了老婆,缓解一下被仇家追杀造成的紧张,也是好。对付仇家颇费手脚,那女人却是老大案板上的肉。

没想,紧接下来,电影里的老大真就干掉了老婆,那叫干脆利索,那叫一个痛快呵!范老板看到这里就只有艳羡。人家老大纵有窝囊，一旦缓过劲，就能只手遮天，快意恩仇。自己呢？

他这时想起自己有一把枪。很多时候，他都不愿想起这把枪。在他看来，枪不是用来杀人的，某些夜深人静老婆又不在的时候，把枪翻出来捏在手上，立时就传递给自己力量，以及一股恶狠狠的快感。佴城临近新桃县，那是中国南方有名的地下兵工厂。佴城纵有那么多人买枪，也没听说几起持枪杀人案。出了命案，一般还是靠冷兵器，杀人纯属体力活，现场总是弄得血污乱翻。

范老板想起枪，但他并不打算找出来看看。这片子也让他明白，手底若有出生入死的兄弟，老板就能变老大，不光有钱，别人还惹不起。范老板只是老板，虽然有几个伙计偶尔发神经似的叫他老大，他心里就阴阴地骂：大你妈个头！

香港电影里遍地都是不要命的小弟，所以当老大的都很嚣张。范老板搞不明白，好歹都是爹妈拉扯到二十来岁，说不要命就不要命？人家凭什么要为你出生入死？佴城找不找得到像香港马仔一样，去死不要理由的家伙？他只是老板，手底下雇了不少人，但他想不到谁愿为自己出生入死。

受这片子启发，范老板开始在脑海里搜索。先是输入第一个关键字：不要命。一搜，先杰一张瓦刀脸就浮现出来。

先杰是佴城数得着的狠人，十六岁以前就被一个老大养着，逢事就去了难，一把刀扎了三个人，幸好没死人，只是弄残一个。出去跑路五年，他回来后投案自首，判了八年，蹲五年又出来，也才二十五六。从此佴城街上混的青皮没一个不知道先杰的名头，先杰晚上去消夜，一街的青皮争着跟他打招呼，杰哥，杰哥……那时候范老板刚刚买下城中心电影院，要搞俚城最大的娱乐城，于是他的财富也藏不住。先杰正好打算正经泡个妹子，听到风声，就盯上小倩。那以后范老板脑袋就疼了，因为小倩是他女儿。

"你不要和那种烂人搞在一起。"

"好的。"小倩倒是老实孩子，听话。

被先杰盯上了，只要到俚城，就没有别的男人再敢挨近小倩。小倩一出门，先杰就会嗅着她的气味，跟上来找她搭讪。那以后小倩要出去，范老板让司机老朱送她。但是先杰堵在路上，叫老朱停车。他跟老朱说："朱叔，不麻烦你了，小倩坐我的车。"老朱有些为难，先杰就把小倩拽了下去。小倩第一次有些不情愿，第二次就顺从一些，第三次，自己开的门。先杰缠得厉害，范老板也想过报警。但钱多未必是好事，警察一看是他范老板家里的事，就不慌不忙了。就算警察插手，这事情又怎么管？先杰要说他已经爱上了小倩，警察也拿他没办法。法律没哪条写明，先杰不能泡小倩。

最让范老板无解的，是小倩从小被自己教育得太老实，太顺从。她一见了先杰，就像老鼠见到猫，她自己硬不起来，不敢明目张胆地拒绝。小倩先是怕先杰，慢慢地发现自己喜欢这个男人。当然，她不知道有时候强烈的恐惧也会被转换成爱，换一个专业名词叫斯德哥尔摩效应。

小倩本来在社保中心上班，是范老板花了一大笔钱买到的工作。他是老板，所以深知光有钱也不稳定，要让小倩搞一份工作。先杰纠缠得紧，范老板叫小倩辞了工作去省城回回锅，读个大学。他想，惹不起，躲得起吧？小倩到省城读书三个月，有一天范老板打电话给小倩，却是先杰接的。

"范叔，你放心好了，小倩在这儿有我照顾，没谁敢欺负她。"

范老板那一晚心疼得厉害。当初将小倩往外面送，他心里还是想省，只送到省城——应该把把小倩送到外国，让先杰这种货彻底傻掉。若是去外国，小倩即使被外国的流氓泡到手，总比落在先杰手里强。外国义务教育严重普及，中学没搞到毕业，晃马路当流氓都没资格。

范老板想到先杰，马上又否掉。先杰现在等着给范老板当女婿，等着继承一部分家产。在这个当口，先杰会觉得自己一条烂命正在变得金贵。虽然先杰此时兜里没几个钱，但他肯定当自己是有钱人了。不缺钱的人，不会随意卖掉自己一条命。这一点总归没错，范老板想明白之后，遂又增加"急需钱"为关键字，继续在脑中搜索。急需钱、不要命……何卫青紧接着冒出来。

何卫青是范老板认识多年的兄弟，爱打架，逞勇斗狠。范老板刚进城就认识他，刚进城做生意很少被人欺负，就是搭帮认得何卫青。何卫青罩过他。当初他去开矿，也是被何卫青拉下水的。何卫青从地质队熟人手里买来一份地勘图，竹山县某乡有锰矿。那张地勘图是每一百米打个钻井搞出来的，钻出的矿样品位超高，应当十分稳妥。何卫青嘴巴皮能说，跟范老板聒噪了三天，范老板就把自家小酒店抵押贷款，投去挖矿，准备回头换个大酒店。图纸上写得明白，到实地一挖只是几眼鸡窝矿，出了窝基本都是石头。当时，范老板知道自家酒店基本保不住了，索性赌一把，再把家里的房子贷了，去找别的矿……上了贼船下不来，一条胡同走到黑，幸好柳暗花明，后来范老板在废洞子里打出好矿，简直如同奇迹，赚钱再开一家酒店上了星级，三星半，几年后升到四星，花点钱的事情。花点钱的事情对他已不算事情。

现在范老板跟人讲自己过往经历，是励志故事。而何卫青，当初拆了伙，就去帮别的老板收了几年烂账，身上披几条尺多长的疤。这家伙稍微有点钱，就包养一个漂亮妹子，离婚后净身出户。那小三竟然淳朴地爱上了何卫青，两条娃娃赶着趟生出来。

范老板心想，何卫青为了养活一家四口，肯定随时被钱逼得撞墙。

想到何卫青，范老板稍稍有底，但还想着扩大范围，在"不要命"、"急需钱"之外加一条"靠得住"。再一搜索，他自己都忍不住笑。既然两个关键词都只搜出何卫青，再加一个词还有什么意义？再说，谁又真正靠得住？

何卫青这厮是唯一人选。

"到底有什么钱可以让我赚？"

"不急，这片子里面，你还看到什么？"

何卫青就皱眉去想。他年纪确已不小，眉头皱起来就拧成了疙瘩。凭他的人生经验，知道问题的核心在于：不是自己能从片子里看到什么，而是范老板希望自己看到什么。要是打牌，只消打上几圈他基本能知道别人手里有什么牌，但眼下，他找不到任何线索。

"范老板，你想让我看到什么？难道有人想杀你？你可以找公安局。人家不赚你钱，免费保你一条命。"

何卫青显然有点不耐烦了。他倒是想赚钱，既然要赚，难免在老板面前低头夺脑装装孙子，可也不能太装孙子。范老板磨蹭这半天有屁偏不放，何卫青基本认定他在玩自己，而不是想帮自己赚钱。范老板有什么理由操这闲心，想着帮别人赚钱？天底下的穷人又不归他管。

范老板咂一口气换个话题："都五六年了吧，你也不来看看我。"

"你这是讲怪话，我想来，你家门槛那么容易跨哟。"

"听说，你最近又生了两个小娃娃？"

"……当初只想玩玩，没想她真的给我生。"

"听说你新找的这个年轻漂亮，长得像香港莫什么蔚，对吧？"

"长得像莫什么蔚我也要？他们说长得像张柏芝。"

"那就更麻烦。卫青，你也过了五十的人，不怕她年纪轻轻到处偷人？一边偷一边拍照片，现在的手机都是让年轻的狗男女边偷边拍。"

"巴不得她偷，拍照片更好，我后脚就抓奸，拿着照片铁证如山，搞几把钱也好。"何卫青仍是撕开了脸皮笑，"这妹子缺心眼，跟了我就王八吃秤砣铁了心。"

范老板无奈地看看何卫青。他就是那么个人。"不要把话讲得绝对——那你说说,我老婆会不会偷人?"此刻,范老板变得循循善诱。

何卫青又是努力地想了想,他也好多年没见过范老板的老婆雷喜苹。终于,他想起来那么个人。"不会,绝不会。你家喜苹天生就不通偷人这一窍。"

"但我说,她确实偷人了,你怎么看?"

"有证据么?"

"这还要什么证据?"范老板摆出恼怒的样子,吼道,"难道是好事,当三好学生到处报喜?她不偷人我为什么要说她偷人?我是不是脑袋有问题?脑袋有问题我凭什么赚到那么多钱?"

何卫青这时候大概明白范老板是什么意思,为什么要让他花一个半小时看一个老片子。果然,里面藏着标准答案,但何卫青从小学开始就不会概括中心思想。

范老板稍后又说:"你社会上认识的人多,干什么的都有。你说说,现在做掉一个人,要多少?"

"做掉?"何卫青被这个词逗得笑喷笑,但发现不是时候,遂憋住。

"对,做掉。"范老板点点头,化掌为刀,做了个"咔嚓"的动作。这一霎,他忽然又担心何卫青漫天要价,便说,"行情你知道的。你跟我透个底,做掉一个人,最少多少钱?"

"最少……只要480——无痛人流,红十字医院480包干。"

"少扯,我是和你讲真的。"

何卫青又想了想雷喜苹。本来她是叫雷喜萍,后来她发现自己最喜欢吃的是苹果,所以改了名字。不但改名字,还去公安局将档案身份证都改了。这样一个女人,怎么会偷人呢?但范老板的表情好似仍在控诉:千真万确呀,我家雷喜苹在外面偷人!他说:"范老板,老范,你再想想。这样的事其实很普遍,很多女人都爱偷人,就像很多男人都爱嫖娼。碰到这点事你就动杀心,你杀得过来吗?"

"别人家的我不管……我没说要你做掉喜苹。你听人说话怎么老是只听半截呢?你活了半辈子活不出个名堂,就因为你老是听半截话。"

"那你要?"

"蔡老二,我的司机蔡老二!"

何卫青一听还真是麻烦,这人认得的。俥城这么小,打打牌认识半城人,喝喝酒又能结交半城人。他说:"可是,蔡老二很年轻,好像还没结婚。"

"那就能偷你嫂子?"

"他是你司机,出了事,也算肥水不流外人田,也算肉烂了还在锅里。老范,家丑不可外扬!"

"雷喜苹是家丑,蔡老二不是。"范老板明察秋毫地说,"所以我只想让蔡老二消失。"

"我是说,老范,要是你能换一个角度,事情可能不会这么严重。"何卫青摆正了坐姿,延一下时间,接着说,"其实,你偶尔看到漂亮的女人,也会搞一搞。你搞过哪些女人,大家都是知道的,对不?既然这样,雷喜苹和蔡老二搞一搞也没什么的。"

"我是叫你来跟我讲道理的？"

"你再想一想，要是雷喜苹搞了一个年纪大的，老二比你还不管用的，那你肯定挂不住脸。但她只是和蔡老二……"何卫青本来很会讲道理，因为他经常帮人收烂账。收烂账不光是靠一条烂命，那样的话一条人不够收几笔烂账。为了持续地将烂账收下去，主要还是靠一根舌头。但要跟范老板讲这个理，何卫青明显经验不足，脸都有些憋红，"你就这么想，不是蔡老二搞了你老婆，而是你老婆多了一个玩具，是她把蔡老二玩一玩，这也没什么不妥。"

"你老婆是不是也有很多玩具？"

"实话实说，肯定有，只是我不知道或者装作不知道。"何卫青又笑了。

"我不是叫你来干这个的，你去帮我找人，我知道你肯定有办法。卫青，这个事我只能靠你了。"范老板原先设想的交谈的情形可不是这样：何卫青唯唯诺诺，只在谈价钱的时候狡黠地跟自己周旋。

光费唾沫星子看来是不行，范老板拉开抽屉掏出两沓钱交到何卫青手里，"这是我帮你的，先拿去用。我知道你认识干这个的人——你认识各种各样的人，要不然你都不好意思叫做何卫青。"

"问题是，这蔡老二我认识，一起打过牌。"

"换是要你做掉一个没跟你打过牌的，你不认识的，是不是容易一点？"

"都不容易,都是一条命。"

"那就少废话,你只管把人找到。"范老板挥挥手,示意何卫青可以走了。

范老板对何卫青还是了解的,这人虽然几十年活得不明白,但仍然讲义气。既然他收了两万块钱,就不会不干事。他想干成的事,总有出人意料的办法。范老板又想,何卫青也算得人精一条,何事一辈子都没混上饱饭吃?看来,又只能以"人各有命"四字作结。

他移到靠窗的位置,窗帘拉开一小幅,眼光透出玻璃看着蔡老二在那擦车,一点一点地擦,一边擦一边还吹着口哨,吹到走情绪的地方把屁股抽抽。蔡老二喜欢吹口哨,大概是泡女人的基本功。其实范老板的酒店就有洗车车间,对外营业,但蔡老二总是说,自己擦擦,小心一点。他想,蔡老二纯属闲着没事。

蔡老二的口哨还是吹得极上档次。这好几年,跑长途时范老板累了,不要听 CD 放出来的调调,要蔡老二吹口哨。蔡老二边开车边吹,手脚并用搭上一张嘴一齐给老板服务,忠心耿耿的样子。

吹吧吹吧,过几天就没这声音了。范老板不经意地笑笑,白天晃亮的玻璃上,一刹那间竟然将这笑容映了出来。他想到以后不会听到蔡老二用口哨吹曲子,一想也没什么遗憾。

在蔡老二前面,给范老板开车的是老朱。老朱是个干巴巴的家伙,车开得当然没问题,也懂得沉默,但不晓得看人眼色行事，有点呆。两人经常要在一个车里待好长时间，就两人。范老板要找话说一说，但一开口全是自己说，老朱总是迫不得已地应两声，以证明自己耳朵支棱着。范老板说着说着就没了兴趣。他想告诉老朱，有时候不光要应两声，还要配合着笑一笑。如果是跟别人讲话，别人老是笑个没完，说范老板跟你待在一起，嘴巴成天合不拢；或者说范老板，我叫周立波到你这里听听课，找找启发。以前范老板没发现自己说话能逗笑。这些年，一旦自己多说几句话，定然有人毫不含糊地笑。范老板有些迷惑，不知自己是否正在变得有趣。他想，要是老朱也能发笑，那就说明这是真的。

老朱偏不笑，也许他母亲生他的时候有些功能就没配置全。

正有点郁闷，忽然某天就收到一个陌生的电话，一接，对方自我介绍，并说别人都叫他蔡老二，曾经和范老板吃过饭喝过酒。范老板哼一哼算是回应，当然并没记起是谁。想问对方到底何事，他就痛快地说了："你的司机老朱我认识，有点呆，年纪也大了。你是不是换我试试？"

"你有什么好的？"

"头两月你不要给钱，管一碗饭吃。"

范老板扑哧笑了。他听出一种自信，而有意思的人总是难免自信。

之后就把老朱换了，换这个电话自荐的家伙来试试。老朱也不能打发他回家。范老板做人有原则，老朱跟自己许多年头，不能随意踢开。"事情是这样，喜苹应酬也多，你去帮他开开车。"范老板还要拿捏理由，"招了个年轻小伙，不方便给喜苹开车,就把你换过去。"当时找出这理由,他觉着妥当,现在想想,晓得什么叫一语成谶。

新来的蔡老二果然好用,知冷知暖,低眉顺眼,一看就是长期跟老板吃饭的角色,肯定是老主子出事养不起他了,要另谋高就。范老板也不去问蔡老二以前跟谁,他们怕谈这个,怕新主子觉着晦气。有一天晚宴多喝几杯,坐上车范老板就吩咐,你随便开,不着急回去。蔡老二把车拐上高速路。密闭多岔的高速路,让人的活动范围拓宽了许多,有时请人吃个饭还要穿几个市县,汽油费、过路费赶上了菜钱,显出派头。一路上隧洞很多、很幽,越来越多、越幽,车子进进出出,每一次钻出仿佛都别是一番天地。范老板心潮就那么一点点吊了起来。

"吹个口哨,你的口哨吹得好,像上次买的黑胶片里那个……"

"马西米·吉特根。"

"就是那狗日的……你狗日英语还好。你考大学啊。"

"不小心认得几个外国妹子。"蔡老二故作谦虚地卖弄起来。

蔡老二吹起了《路边的野花不要采》。范老板合上眼睛,听着风声,知道蔡老二不会瞎走。眼睛一开,车子穿过某市繁华街区,乍然一拐就现出一片寂寥的路口。有一处不挂牌的会所,门口冷风秋烟。范老板头次来,知道这样的地方不会错。范老板警惕地看看蔡老二,他仍然吹着口哨,蹚几步过去叫门。头一次,范老板进了一间小间,蔡老二恰到好处地进到隔壁那间。一眼看去,范老板自是挑了身材、脸蛋和屁股都勇拔头筹的那个妹子。蔡老二挑个老丑的。

"这样不好。"范老板蹙了蹙眉。

"各有所爱,百货中百客。"蔡老二的手已经搭人家肩上,"一看就是个态度好的,要她笑她就笑。"老丑就笑一笑,皱纹拧得慈祥。

蔡老二有分寸,那以后只在门口候着,范老板独自进去。

"蔡老二狗日的有分寸……"范老板咬了咬牙。

算算,从何卫青拿钱到现在,过去四天三小时又七分钟。挂钟公正无私地悬在范老板正前方,秒针没有,嘀嗒声却清晰。范老板当然不知道如何找到一个杀手,如何联系又如何谈价,但他相信这么几天时间是足够的。何卫青用不着双脚量地寻遍角落,只消坐房里打电话。四天多时间,电话足以打遍世界的角角落落,而杀手往往不会环球旅游。杀人的人不可能有丰富的爱好,只爱蹴在一间破房子里等着接单。杀手或者泡到一个马子,两人在破房子里厮守造爱,每次杀手去干活马子都会望眼欲穿地等他活着回来或者生离死别。

电话又打了过去,好半天才接,首先回过来的是风声。

"在开车?"

"是啊在办事。"

"车停下,我和你说事。"

"两不耽误,你尽管吩咐。我又不是用嘴把盘。"

一个女的坐在何卫青旁边,喷出笑声。范老板相信这妹子肯定不是何卫青老婆。老婆往往不是拿来一块兜风的,何况他家里还有两条崽。但此时,范老板操不了这么多心。

"说话方不方便？"

"自己人，尽管说。"

那女的又笑了。"由来只有新人笑，有谁听到旧人哭……"范老板脑子里回旋起两句老歌词，定一定神，跟何卫青说不要这么嬉皮笑脸、吊儿郎当，有空再打过来。过了数小时何卫青才将电话打回来，除了他的声音，那边很安静。

"找人的事怎么样了？"

"老范，我是说，能不能换个思路？"何卫青说话腔调是认真的，要他认真挺不容易。范老板侧耳倾听。何卫青接着说："这几天一直在想，也没想明白，就是有那么一点破事，具体地说也就是两人的……特定的某个器官……偶尔地……稍微地接触了一下嘛，为什么就要他命？为什么就一定要他狗命？蔡老二肯定干了猪狗不如的事，尤其是把你老婆，我弟妹喜苹这么个老实人也扯进去。你认为这狗日够得上天打雷劈，我给你点赞；但既然天不打雷不劈，你去判他死刑，我觉得有点不合法。"

"有点不合法？何卫青，《刑法》你背几条我听听。"

"我是说，我们能不能换个思路？比如说，找几个人跟他练一练，要是不解气就练两回三回。可以废掉他一手一脚，当然现在提倡人性化，这么搞不太人性化；阉掉他也有点过火，他是年轻小伙，还没结婚。"

不知何时起，何卫青讲话有点绕来绕去，这时范老板隐隐意识到这狗日也有点靠不住。是不是找人将蔡老二打翻在地，打住院或者打残？蔡老二犯下的错有多严重，范老板也不好跟人——讲明。蔡老二不但搞了自己老婆,而且还有点有恃无恐,因为他去到那些隐秘的会所过了几夜,蔡老二都一清二楚,说不定还用手机偷拍了一些照片。

很多时候,范老板反复地思考同一个问题:"你固然知道我一些破事,难道这就说明你可以搞我老婆?"

不知几时看出的苗头,从某些眼神,某些不经意流露出的情绪。范老板有些迟疑,总体来说,他算是严谨的人,雇了人去跟踪追查,找证据。证据很容易找了来,要多少有多少。在范老板眼光探不到的地方,这些证据像夏天的花树一样,郁郁葱葱地盛开着。范老板想继续雇佣那私家侦探,一条龙地了结此事,得到答复是:不在业务范围内。

范老板越来越意识到蔡老二城府太深,用心险恶,这种人留在世上就是祸患。要是不弄死他,只是让他断手断脚,留给他一口气,难保日后做出怎样的报复行为。一不做二不休,范老板再一次明确态度。

"……打他几顿,基本也就两不相欠了。他又没老婆,要不还可以想想别的办法。"何卫青此时完全沦为一条说客,聒噪不已。

"我难道是请你来给我出主意的?卫青,这么说好不好,要想打他我会安排别的人,这不劳你大驾。请你老出山,就是要来个痛快。你只要干好你分内的事。"

"老范,遇到事情找人多商量,没坏处。你想想,你是不是最近还有别的不痛快,比如有领导宰你,有单位敲你,所以你把所有的不痛快都发泄到蔡老二身上,才一定要弄死他?是不是这样？"

几天不见，何卫青竟然搞起了心理分析。范老板简直想吐两口血，脸上却抽搐着笑起来。在这种鬼地方，将生意盘子弄得这么大，哪天没有糟心事，哪个领导不将自己当块肉，哪个单位不想来榨几两油水？这种状况已有好多年，还将没完没了地持续下去，要发泄情绪，想杀的人多了，为什么单单只冲着蔡老二去？范老板认为何卫青的分析毫无道理，完全瞎扯。

"何卫青，我送你钱不是要你给我分析问题，分析问题你也不是料。这事到底行不行，找不找得着人，再给你两天时间。"说完就把电话挂了。

他很满意自己干脆利落地挂电话，挂的是手机，分明有话筒磕响机座的铿锵。还想再来一遍，但这意味着要再拨电话给何卫青，作罢。

窗子上那层薄纱有单透效果，范老板坐在合适位置喝茶，眼光放出去看外面小小的庭院，南方草木适时地油绿着，多看一会儿，眼光会虚焦。如此繁茂、茁壮的植物，甚至有了淫荡的意味。然后他看见他家喜苹从车中走下来，跟司机吩咐几句。这几天是老朱给她开车。显然，忠心耿耿的老朱不会搞喜苹……范老板心里嘀咕，随即又想，我是不是要为此庆幸？

喜苹高个，现在买衣买包都跑老远买洋牌子，看着没啥两样，就靠价格吓得人心头一凛。夏天，她爱穿介乎喇叭裤和裙裤之间的式样，范老板始终叫不来名字。那裤管飘逸，她两条长腿充分显现出来，不知几时也勒出一段腰身，走在路上，上身尽力绷直,那一道腰就止不住地左摇右晃。当年她穿高跟鞋崴过好多次,有时整天躺靠椅上等着恢复,稍一正常又去跟高跟鞋死磕,又一次崴伤。"不是每个女人都用来穿高跟鞋。"当时他这么提醒她,还想说你两只脚下田踩泥踩惯了,在泥地里已经生了根,现在多一个跟当然走不稳。她性格执拗,他越提醒她越来劲,不信穿高跟鞋比伺候庄稼还难。终于有一天,把高跟鞋穿妥帖了,鞋跟渐渐长在脚上。

他看得出,她走路时总有一种炫耀的情绪,人总是喜欢炫耀自己最不擅长的那一部分。实事求是地说,会穿高跟鞋以后,喜苹从一截木头变成了一个女人。

当初他看上她是因为个高,倒不考虑样貌。喜苹脸方,额头两角和下巴颏简直拉得起两条平行线,乍看像男人。相亲时,他想到更多的是给家里添个劳力。根据小时候得来经验,老婆若能找个等高的,抬东西可以前后各扛一头。以前,村里沈富根找了高个女人,两口子一块抬着队上的大水泵,去自家田头抽水。别的男人不行,找老婆搭帮挑重物,挑子全压在老婆肩头,看着就跟揍老婆差不多。范老板一直记得沈富根两口子挑水泵走过田埂的情形,立志找个能搭帮干活的老婆,没想十几岁时自己个头蹿得很快,几年时间比两个哥哥多出一头。找女人变得麻烦。那次相亲,一见喜苹长脚长手,还没仔细看脸,心里说就是她了。相上以后按部就班找人提亲,喜苹家里也没有过多挑剔。媒人说小范不是一般的人,肯定能进城混成人物。每回来提亲的人都会这么一说,但喜苹认定这个姓范的长得像城里人。

婚一结,想到养家养这高个老婆,他去学了半年掂勺,在一家餐馆干半年,摸清套路,就辞工带着喜苹承包农机校里一家破食堂。又半年,就把主食堂的生意抢来一大块。那时就夫妻搭帮撑起一家食堂,舍不得雇人。赚到手的钱晚上被喜苹点一遍,一概变得油腻腻,拿去银行存上,女柜员脸上总是显出嫌烦的表情,还不时把一沓沓零票扔出来,叫喜苹熨平墩齐再往里提交。喜苹始终赔着笑,让钞票沾染更多油污。

白天干活基本停不下来,晚上还有强烈需求,两人就在垫着稻草的硬床上揍出了小倩,没想这女孩长大后生得有模有样。

小倩转眼十来岁,抽条有了身材。看着她,范老板耳畔反复回旋着两句歌词:世间自有公道,付出总有回报……进而想起那段日夜操劳的时光,想起喜苹那时候越操劳越有神采的模样。

喜苹没有马上走进来,站在庭院里浇花。这几年下来,她和记忆中那个方头方脑粗手粗脚的女人大不一样,她的下巴不知何时变尖了,应该不是整容磨骨,而是简单的化妆处理;她的手轻轻拎着水管,一边洒水一边防着水沫溅着自身,特别是裤管。她小心翼翼的模样,仿佛有崇拜者的目光无时无刻追随。

然后……为什么是蔡老二?范老板百思不得其解,难道说司机总喜欢搞老板娘,老板总喜欢干掉司机,都是冥冥中被人设定好的程序,一定要这么折腾才能让平淡生活滋生出新的况味?喜苹摆平了高跟鞋,热衷于化妆打扮以后,他就隐隐意识到，拼命打扮可不是给自己看，这婆娘免不了要把人偷偷。

但为什么是蔡老二？喜苹真是不加挑剔，她总是不挑剔，谁挨得近，谁容易偷就偷谁。偷人本身就不对，偷的人不对就更让人恼火。范老板忽然弄不清楚，让自己最愤怒的，到底是喜苹偷人还是她的不加挑剔。这种疑问往往没有标准答案，但又像牙痛一样让人无法忽略。这时他忽然想到那把枪。他知道，只要手一摸枪，很快像是有了主见，不再被那些反复不定的想法折磨。

枪有形状，有重量，据说手枪造型设计的灵感，来自男人高高昂起的生殖器……范老板记不起上次摸枪是什么时候，应该是去年黄梅雨过后，把枪翻出来拆解，刷上长丝润滑油，重新装上。今年显然还没有摆弄过那把枪。

这把枪，很多时候他已忘在后脑勺，但偶尔想起，就急不可待要看它一眼，要摸它一把，感受到它还忠实地守护着自己。他从椅子上弹起来，走向那盆富贵竹。富贵竹好就好在气定神闲，不管给它追多少肥，也不敢发育得茁壮，不敢惹人眼目，总是静待房间一角。他走过去，这盆富贵竹跟去年几乎没有变化。他拎起这一把竹，想ет拎的是蔡老二一头疯长的卷发，左右摇几下，土就松动，竹根盘虬交错，将泥土完整地带起来。

拎着植物带出几公斤的土，像极了拎起某人的脑袋。再一看，只剩一个盆了，没有枪。

范老板的脑袋也悬空一会儿，经历短暂的紊乱，马上回过神。他确定，去年擦好枪以后，用数层油纸封好，是放在这个盆子里，富贵竹给枪打掩护，给枪站岗放哨。富贵竹在，枪就在。现在怎会只一个空盆？

喜苹走进来，这些年，高跟鞋已被她穿得不声不响。她瞥来一眼，轻轻说："鞋盒子里。"

范老板愣了会儿神，还是反应不过来。"什么？"

"在鞋盒子里。"她看着他。稍停，她又说："你那把枪。"

"你为什么翻我东西？"

"去年那盆竹子已经死了，换了一盆。你在盆里埋了这么大一个铁家伙，竹子活不了。我也是没办法。"

她背对他换了一件衬衣，也许刚才有水珠溅湿了衣角。他只能盯着她的背，盯了一会儿，她毫无反应。她几时看见那把枪的？

衣帽间只是隔着一层帘子。他走进去看见角落有堆鞋盒，喜苹对鞋盒情有独钟，舍不得扔，都尽量堆叠在那里。为什么只是鞋盒子，不是烟酒盒子便当盒子？其实这就跟她在无数男人当中单偷蔡老二一样，毫无道理。

"哪个盒子？"

"不记得了，自己找。"

范老板看看外面，喜苹这会儿换上一件浅蓝色衬衣，衣摆往下延伸出两条布带，既可以打结，也可以任其垂下，走路时不停拍打在两条前腿上。她正为打结或者不打结而小小地纠结着。他叹口气开始翻拣鞋盒了，刚翻了几个就想到不必一一打开，不妨掂一掂分量——那把枪很重，比所有的鞋都重。要是喜苹买了这么重一双鞋，穿上去简直就是戴脚镣。

枪很快找出来，多层油纸已经松开，不是自己当初捆扎好的模样。他卸下弹夹取出子弹,六粒。

"你拿出去打了两枪?"

"是啊,没想到是把真家伙,我往水池里打,差点打死了那只老鱼。"喜苹扭动身子,脸却纹丝不动,看着穿衣镜中的自己。

"是真家伙。"

"你弄把真枪搞什么?"她仍是照镜子,没完没了地照。

"那还能干什么?"他本想说,杀人。难道还有别的答案?难道一把真枪是拿来当榔头锤核桃的?但最后一刻,范老板调转舌头,这样回答,"有个朋友要我帮他藏一藏。"

"他家房子小,一把枪都藏不住?"

"他老婆爱翻箱倒柜。"

"反正别埋在花盆子里,摆在其他地方我不管。"

她补搽几抹口红,走出去,一边走一边把飘拂的衣带缩成结。

范老板还在想着杀人的事。杀不杀,这是一个问题,其实他心里知道杀人不是一件容易的事。历史发展了几千年,这几千年,总的来说,人类最重要的努力,就是想要相安无事地活下去,你不杀我,所以,OK,我也不杀你。虽然这个目的并不容易完全达到,但若说初见成效,也不为过。电视里有个法制频道,频道里有一两档节目说的大多是杀人案件。范老板喜欢看这几档节目,就像多少年前看单田芳说书,每一回总要扯到杀人。单田芳不在了,这几档节目替代了他。

"老范，干这种事，还是少见面，尽量单线联系。以后出了事，理到我这头就彻底断掉，跟你扯不上关系。"

"你考虑得周到，这个值得表扬。钱不是问题，你是知道，你也并不担心我不给钱，是不是？再给你一天，你带着人到我这里拿钱，像电影里演的，一密码箱全是钱，你们拿走。"

"老范……"

"限你最后一天！"

范老板狠狠地摁断电话。现在用的都是手机，功能齐全，但有时候还不如座机好使。比如，座机说挂就挂，可展现一种果断的态度；但手机即使挂断，还有短信钻进来。范老板拧开短信一看，何卫青竟然问：老范，我俩认识几十年，好歹也算兄弟一场。要是这个事实在办不好，你不会找人连我一块办吧？

范老板决定不回，手机调至飞行模式。

他摁一摁太阳穴，正要享受房间里骤然来临的寂静，门砰地被推开。先杰大步流星走进来，两只手摊开撑在桌沿。这一刹那范老板很希望耳廓上有个自动装置，意念驱动，随时可将两只耳朵眼堵上。用手捂耳朵是来不及的，先杰欢快地叫了一声爸。

先杰的头发原来是金色的，前几天急于染成黑的，却因染料的化学反应变成暗红。和上次一样，他是想和范老板商量婚期的事。

"我自己那个爸找人看了日期，八月一日就很好。"

"八月一日有什么好？"

"八月一日是建军节啊。"这个理由似乎很充分,先杰还说,"十月一日结婚的多,所以八月一日就显得物以稀为贵。"

"双十一也不错,那天你拿到礼金正好上网淘东西。"

"我都是到正品专卖店买东西!"

先杰仰着他那张瓦刀脸,期待范老板点一点头,就此应允,成就他一桩美事。范老板忽然想,为什么不找人把先杰打一枪?难道先杰比蔡老二更有理由活在这个让他想入非非的世上?

要是子弹足够,有些人的脑袋活该每天被打爆一次……范老板暗中调整一下呼吸,告诫自己,不能因为有一把枪,就总是想着打爆别人的脑袋。子弹只有可怜的几粒,而该死的家伙永远无穷无尽。然后,他对先杰说:"今天我要处理别的事,你提的这个,以后再说。"

"爸,别的事你也可以找我办。虽然我没有什么学历以及文化,但是我有能耐。你知道,在今天这个世界上,很多时候能耐比文化显得重要。"

范老板听得出来,当先杰说自己没文化,其实他是想显得有文化。因为想显得有文化,这家伙一天比一天更不会说人话。他善于把一句整话说得皱皱巴巴。

"你有什么能耐?"范老板摆出很兴趣的模样。

先杰想了想。范老板耐心地等了一会儿,先杰竟扭起为难的表情,似乎一身本事不知从哪件说起。范老板说:"你慢慢想,现在我还要忙事。以后你进来,如果晓得敲敲门,我会认为你又多点文化。"

即使脑袋再不灵光,先杰也晓得,准岳父是要他滚。眼下他还不敢在范老板面前造次,他泡小倩那么久,花了很多心思和体力,已然进入最后冲刺阶段,自然加倍地小心。好比说,一些膀胱不结实的小孩,天快亮了却在床上拉一泡尿,这就很划不来。

范老板目光送客,心里多少有些不踏实,先杰是一块牛皮胶,是一只蚂蟥,但不得不说,是有几分能耐。前几年他应邀去中缅边境一个县份搞投资,开矿洞,县领导先是说有大大的免税政策,建矿半年以后以偷税漏税罪将他关了起来,罚他个双份。他待在拘留所,很是不甘心,就安慰自己说没被关一关,就成不了大老板,越这么想越窝心。消息很快传到俚城,以前相熟的领导亲戚朋友竟然都没有帮忙的意思,甚至没有赶来看他一眼,说几句安慰的话。他只能在心里骂,这时候过来看我的,都是聪明人!

有一天,管事跟他说有人来看你。他准备见到那人就进几滴泪,略表感激之情。一见着来人,眼泪却不肯流出来。是先杰。

"爸,我给你带几条烟。"先杰把烟摆桌上,又说,"还有几袋槟榔。"

"我不呷槟榔。"

"带都带来了,你有空时尝几颗。"

忽然,先杰的背后又冒出他自己的爸爸,亲切地叫了一声亲家。范老板真不知应该感动,或者恶心。

此时,眼看先杰就要走出去,手明明已经摸到门把,忽然又把那张脸扭过来。范老板这才发现自己心里有准备。他从容地看着先杰再次走过来,再次撑开双臂摁住桌沿,再次……

"爸爸!"

"我何德何能当你爸爸?"

"要是明天何卫青敢跟你玩消失,我有办法找到他。只要他不死,就总会待在一个地方,只要他待在一个地方,我就把他掏出来给你。"

"你怎么知道……"

"其实完全用不着何卫青。这样的事,外人总归不如一家人放心,是的啵?"先杰半边屁股坐在了桌子上,居高临下地看着范老板。又说,"不就是蔡老二的事嘛。现在俩城已经改朝换代了,何卫青这种人已经过时了。你应该与时俱进地去考虑,找什么样的人干什么样的事。"

"怎么又扯到蔡老二了?"

"爸,谁也不能否定你是个大能耐人,但事情想多了,你偶尔也会使一些昏招。何卫青能干的事,我都能干;他不能干的,我也能!"

说完,先杰转身真走了。

何卫青是两点过一刻走进来的,脸色不太好看,可能在牌桌或者百家乐大桌上待几天没下桌。要是以前,范老板会叫他先去食堂搞碗饭。今天他没有这个心情。何卫青在桌子对面坐下,打起一串串哈欠。

"一个人要有精气神!"

"噢！"

"你年纪也真是不小了……"

桌上座机难得地响起来,不免显得欢快,把范老板说的话愣生生掐断。何卫青这一刹那得来精神,脸上挤出笑看着范老板。

"爸,是我。何卫青到了没有?"

"摆在眼前。"

"噢,算他还是条人。"先杰挂电话前,又来了一句,"爸,那我先挂啦。"

范老板只得在心里嘀咕,你马上挂了都好。

何卫青适时地开腔:"你也看得出来,你最大的麻烦不是蔡老二。先杰是个狗杂种,就算他马上要当你女婿,我也要冒死进谏一回。"

"这个你不要操心。"

"是啊,被疯狗咬了还在担心痔疮发作,我操什么心?"何卫青说,"你叫人帮我打一碗饭,我一整天没吃东西。"

范老板从办公桌立柜里掏出一盒桶装方便面,指了指饮水机。何卫青惊讶得像是看见了鬼,又问你办公室怎么还有这东西。

"你是不是还要我帮你把面泡好?"

何卫青轻车熟路地泡开一包方便面,整屋弥漫开垃圾食品的气味。何卫青吹了吹,又吹了吹。他小心翼翼地夹一筷子吃进嘴里,再猛地一吸,方便面枝枝蔓蔓,牵牵连连,一下子就给他吃去大半碗。又猛喝一口汤,脸上有了血色。

范老板看看墙上挂钟,"现在该说说正经事。"

"没找到你要的人,现在风声紧,吃这种饭的人基本上都销声匿迹了。"何卫青叹一口气,"……我确实没有亲自去找,问题是不知道去哪里找。我坐在那里打牌,但你不能认为我不干活。事实上我打了很多电话,你可以去查我的电话单子。"

范老板纠正他:"上回你不是这么说的。"

"我怎么说?"

"你说要拜码头、放眼线、托关系,要花很多钱,不是几个电话费。"范老板盯着何卫青,看他反应。何卫青又吃了剩下的面条,还吸溜着汤水。他觉得这种方便面的厂家应该把何卫青吃面的样子拍下来当广告,而不是请那个小胡子主持人说你们模仿我的脸,还想模仿我的面。

"这几天我确实……忙不过来,但你吩咐的事,我没有一刻不放在心上。这点你不要怀疑我。"

"然后呢?"

"给我一把枪。"何卫青用衣袖抹了抹油嘴,诚恳、严肃、认真地盯着范老板。

"为什么给你一把枪?"

"既然找不到人,我就赔上老本,去帮你解决,但要一把枪。别的东西不牢靠,比如拿刀砍,我已经不年轻,不能保证拿刀砍得断人家筋骨。比如投毒,我也想过,但是现在的人个个都有适应性,不是随便就毒得死,什么时候天天纯天然无污染说不定就生了癌。还是用枪来得牢靠,挨近了,杵着脑袋,扣一下。"

209

"你把球踢回来了。如果不给你枪,你是不是就对我有交代了?"

"给我一把枪!"

范老板认定何卫青已经完全靠不住。给他一把枪他就去打别人脑袋?未必。他可能将枪卖掉,然后回电话说枪被缴了,自己九死一生地逃出来,没被抓。何卫青已经彻底沦落为街头老混混了。范老板心情一阵沉痛,冲何卫青说:"我没有枪。"

"仿六四,新桃县的货,两颗子弹就可以,用不着六颗。"

"我再给你一笔钱,你去买。"

"现在买不到了。现在网上都看不到枪版的电影了,更不用说枪,真枪。而且,现在没有哪个肯理我,借钱借不到,借枪简直就是异想天开。你不一样,你资产千万亿,不可能搞不到一把枪。"

"是你帮我做事,还是我帮你?"范老板心里还顺接一句:你他妈搞清楚!

何卫青佘佘嘴皮,又说:"给我一把枪,这事好办。"

范老板用一枚手指指了指何卫青,已是无语。何卫青这厮竟然惨淡地一笑。

喜苹一上床就睡,身上有麻将味,喷出鼾来一声长一声短,悠闲得很。范老板当然没睡着,他有话要讲,忍了忍不讲,结果喜苹迅雷不及掩耳地睡着了。他掐了掐她的腰,腰上泛起的肉坨子竟然又Q又弹,难免是要一番感慨。有时候,他因自己是一个善于发发感慨的有钱人而暗自得意,相熟的很多老板,发起感慨都是电视里的腔调，手机新闻上的腔调，以及某些大V的腔调。唯有他，多年下来，仍用自己腔调发着感慨。

摸着喜苹身上的肉，他又想起她年轻时候，反而是干巴巴的，像熏过火的腊肉。自家生意渐渐好起来那几年，喜苹皮肤明显开始松弛，皮肉分离现象日益严重，那时候他摸着她，时不时想，要是顺着哪道破口扒下来，说不定能轻松剥下一块整皮。最近这几年，她下了血本去保健去汗蒸，还牺牲了屁股，往上面打各种针，有的一针一万，有的还多两千。他看着她往水里扔钱，没想还真砸出了水响，有效果，比如皮肤白了，还有弹性，脸上时而泛起两汪红晕，不敢说是潮红，有点像是轻微的淤血。这着实不容易，女人一到这年纪，有的懒得穿内衣反正已经无力凸点，有的有了口臭，有的身材完全成了梭形，走在路上，走几十步就紧一紧裤腰。而喜苹的钱没有白花，她年轻时没有年轻的样子，现在像是把年轻从哪家银行重新提取出来。

年轻是好事，年轻就自以为有资格嫌别人老却不行。再说比你年轻的女人多得是，我也随便找得到！范老板正这么想，一手揣进了喜苹的怀里，她的胸器还一如既往地大，富足的弹性看样子还会继往开来。范老板奇怪地有了反应，当喜苹将他手撩开，这种反应就彻底被激发。他知道喜苹是醒的，刚才没准半睡半醒，一摸她就醒。她的身体反应也像三十来岁的女人，虎狼之年，不知餍足。

"弄弄！"

喜苹耸耸身体装睡。范老板不禁恼火，抬手就在她光秃秃的屁股上来一下，一声脆响。这让范老板不禁有嫉妒，如果以同样力道在自己屁股上来一下，没准有如拍棉花胎上。

"你个老东西到底让不让人睡？"

"弄弄！"

"我哪还有那心思？刚才躲在家里看 AV 了？"

"你哪能没有那心思？"他想说，你是想看跟谁对吧？

"你可以去宾馆找一个，就在我们酒店也没关系。"

"那算了。"他嘟囔一声，拧开一盏床头灯，抽起烟来，"要跟你说事。"喜苹仍然留他一片背影。他也不在乎，冲她说，"蔡老二这个人，不能留了。明天你跟他说要他走人，发三个月工资。"

她只得也坐起来，还把旁边的空调被扯过来搭在胸前，很端淑的样子。在他们的酒店，他是董事长，她却是大堂经理，干了这些年，她好不容易有了职业操守，知道大堂经理要严格服从董事长。当然，上了床，恢复两公婆的关系，那又另当别论。当初分工的时候，范老板还担心喜苹要抢着当董事长，但她主动选择了大堂经理。她喜欢每天着一身职业装，到台前待人接物。

他记得以前两人一起操持农机校小食堂的时候，某一天搞校庆，不知从哪请来一堆高脚妹子，分列校门两侧，各自斜挎一条绶带，迎宾接客，脸上堆堆叠叠全是笑。校友往收礼台上搁一个红包，高脚妹子跟过去给那校友别一团大红花。喜苹看得愣神，范老板过去在她屁股上拍一把，叫她择菜，有两脚盆空心菜等着下锅。喜苹把脸扭过来努努嘴说："我打扮一下也跟她们差不多。"

他笑一笑："你脸方。"

"我不穿鞋就有一米六七。她们不是穿鞋,是踩高跷。"

"就算一米七六,你脸还是方。"当时他笑喷了起来,"要不信你去找校长,看人家收不收你。"她努努嘴,勾头看着两盆绿得像池塘的空心菜。

所以,喜苹选择去当自家酒店的大堂经理。每个人都有理想,由此看来喜苹也有,在她心目中,阔太太不如白领来得高级。但当了以后,她才知道原来大堂经理基本算是打杂跑腿,她这选择好比王母娘娘抢着去当弼马温。而且,此后老范脸色忽然就变了,跟她讲话喷起了鼻音,使唤她还用指头指指戳戳。喜苹觉得上了当,觉得老范翻脸不认人。有一天她说她不干了。他要她写封辞职信。

"我要是不写呢?"

范老板慈祥地一笑："大堂经理还是你。"

这么多年下来,范老板知道,喜苹这种人只能智取,弄一套让她踩,踩进去了她也认栽。现在,她当大堂经理熟门熟路,脸上流露出敬业爱岗的表情。此时他以董事长的名义要她办事,她态度就明显有了转变,但还是分辩说："蔡老二干得好好的,为什么要撵他走?"

"为什么要赶他走?问得好!"范老板凝视着窗外,他想要是这时候喜苹瞟来一眼,会看见他的侧面拉出一条坚毅的线条。电影里,拍特写都抓侧面,表情冷峻,吧唧着烟,"最近有女职工反映……蔡老二一有机会,在电梯里或者在楼道转角，当然还有其他地方，喜欢摸她们的屁股。不止一个，也不止两个。"

"不就是摸摸屁股嘛。"

喜苹肯定觉得这事小题大作。范老板心想，是啊，和你俩那些丑事一比，摸摸屁股算个啥呢？不就是摸摸屁股嘛。

"一颗老鼠屎弄坏一锅粥，小时偷针大了偷金。不及时处理这事，不知道以后蔡老二还会做出什么行为。"

"弄他走没关系，但这事情怎么开口讲？我当着蔡老二的面，讲你爱摸女人屁股被开除了？"喜苹有点难为情，她坐起来，把头靠向范老板有些干瘪的胸膛上，还用耳根子磨了磨他胸前几根类似于胸毛的东西。

"找什么样的理由，难道还要我来动脑筋？"

"你晓得，我最怕就是动脑筋。"

他拧起她的下巴颏，稍微用点力气，下巴颏就被拧出屁股一样的形状。他把她的脸完全扭向灯光，此时她忽然显得温顺，似乎处心积虑准备发情，脸上忽然有了些酡色。他心里说，你以为这几招对我还能发生作用？嘴上说："我看你不是怕动脑筋，你是有点心疼。"

"你听到别人说什么了？"喜苹的脸忽然变色，一手揪住范老板的耳朵。两人一起过了二十多年，他耳朵的一项主要功能就是被她拧。她出手稳准狠，要拧他耳朵比去偷个人熟练人多，他从来没有躲过，这次当然也一样。她稍一发力，他整个脑袋只能扭转九十度。他也搞不清，形势怎么陡然发生了根本性转变。

"哪个狗日的跟你这么说？"喜苹说，"为什么是蔡老二？蔡老二有什么好心疼的？他那一副猪不吃狗不舔的苕样，我有什么好心疼的？"

"我……你把手放开！"

"放开？好，放开！"在松手的一刹那，喜苹另一只手抽来一耳光，抽在他另一边脸上，他脸皮一弹，虚幻地听见"噗"的一声。年轻的时候，她一耳光抽来会是"啪"的一声，干脆利落。他身体一扭，用脚去找鞋，像是条件反射一样弹开两三米远。她却没完，胸脯一挺，眼里迸出几颗硕大而丰满的泪珠，嘴里嚷着："你打我一枪！"

"你等着！你这婆娘！"他嘴上这么说，身体赶紧往后退，用手去找门，最后门是被屁股撞开的。

老朱永远是忠心耿耿的模样，开车不快不慢，说话不多不少，把他载到要去的地方。前面路口涌过来一大堆人，大概是刚下班。车子蜗速从人群中分过，人群慢慢闪向边。有的看看车头标志，三股叉，就撇撇嘴，眼底的仇恨一闪而过，接着赶路。有的不认得。车子像分过水流一样穿越人群，马路陡然开阔，他虽然用不着开车也暗自松口气。

"人真是太多，哪里都多。"

"是啊，人太多。"老朱很敬业，他知道自己总要有所应和。

"要是有枪，应该把人打掉一点，至少四分之一，或者只留一半。"

"是啊，留一半。"

"你说，留谁不留谁才是道理？"

老朱答不上来。范老板问这样的问题，基本算是在找麻烦。但老朱已养成有问必答的习惯。"这个，要费很多子弹的。"

"这不是问题。"范老板淡淡地说，"假设子弹管够，再多也管够，无穷无尽，你看要打哪些人？"

老朱彻底答不上来。范老板又一想，那是因为老朱手里没有枪。有了枪，想法就不一样了。身怀利器，杀心自起，这还是说冷兵器。一把枪带给人更多的想象空间。

天空有些飘雨，雨刮器时不时抽风地刮一两下。他的视野有些模糊，看见前面不远处有个人像是蔡老二。"前面那个人！"他指了指。老朱很费力往那边看，这时候那个人已经迅速拢到车前，敲响车玻璃。

"往前开。"

"是蔡老二！"

"往前开！"

老朱嘀咕着，踩油门用了些劲，X5瞬间加速能力不比刘翔差，要不然也不好意思值上这么多钱。蔡老二又小跑了几步，范老板扭头往后面看，透过玻璃透过雨，看不清蔡老二的表情。

范老板说："已经辞退他了，他这是要搞么子嘛？"

"蔡老二，他还是想给范老板做事。"

"哦，我很感动。但是人那么多，不可能说，谁想给我干事我就养着他。再说我看他也不像是能饿死的人。"

"他……他也不容易。"

"我容易？老朱，你说说我容易不？"他忽然来了情绪，声调一下子蹿上去。老朱自然不吭哧了。

范老板不知道喜苹怎么跟蔡老二说的，反正那天晚上闹一通，第二天她还是以大堂经理的身份把蔡老二开了。晚上两人在卧室里撞面，没有提起此事。对于他一个董事长，这种事微乎其微。他又雇了一个姓崔的青年司机，长得像青年时候的崔永元，脸上挂有似笑非笑的表情。他一看就还满意，想着这小伙子以后陪自己长途，定然会用笑话和段子逗自己开心。说不定，这小伙子吹起口哨也不比蔡老二差。规定要小崔报到上班那天，小崔没来。事后听说小崔被人揍了，住医院里。范老板叫了个经理去医院探看，问到底怎么回事。小崔没有搞清楚，但说记得袭击他那两个人的模样，并报了案，警察正在查找凶手。小崔伤得不重，过几天出院，主动给范老板发来一条消息，他感觉自己脑袋轻度震荡，近期可能开不了车。这当然无所谓，很小的事情。他又叫人往外发消息，请信息公司张贴招聘广告。多少天过去，再无一人前来应聘。

他隐约发觉此事和蔡老二不无关系。蔡老二不光是他司机，在那些染了头发刺了花绣的年轻人当中，蔡老二也颇有名气。以前，车偶尔在路边停下，往往有几个马路混混摇头晃脑地走来，脑袋往车窗上凑，冲蔡老二喊二哥，喊蔡总，喊蔡爷。蔡老二总是开心地冲他们喝一声，滚！

前面到了一所小学门口，正碰上放学，有交警拉了警戒带，限制行驶。新闻里说，前不久哪里一所小学的学生刚出校门就被车撞飞。现在总是牵一发而动全身，这几天全国的交警都有得忙。

蔡老二忽然拧开了门，挤了进来。他身上湿漉漉，像条落水狗。"范老板……"蔡老二深情地看过来。"谁叫你上来？你下去。""范老板，讲两句话，你让我死个明白。我好歹要在街上混日子。"

"老朱，你把蔡老二弄下去。"

"呃，好！"老朱却不动。

"范老板，我知道赶我走绝不是你的意思，你受到某些用心不良之人的蒙蔽。你不让我说几句，我死不瞑目！"蔡老二看上去受了天大的委屈，竟然要哭。范老板当然不为所动，他知道，这几年流行泪流满面，这些江湖好汉也喜欢时不时地哭一哭，要不然就OUT了。

范老板只好听他说话，要不然，又能怎样？他有钱，但买不了蔡老二闭嘴。"我也不知道什么地方得罪了雷总，她一定要撵我走。她也不跟我明说，只说我作风有问题。我也不知道作风有什么问题，我是爱摸女服务员的屁股，但那基本上都征得她们本人的同意。我不可能说，张三同意了我却去摸李四的屁股。范老板，我跟你这么多年，你知道我这人有分寸。不是么？"

"这个不归我管。"

"但你知道我的为人。我要死个明白，作风问题不会是真正的理由吧？再说人非圣人谁能不犯错，过而能改我们要原谅他。摸屁股的事，你要给我机会，以后我再摸一次就剁一个手指头，从右手的食指剁起。"

"我为什么要剁你手指头？"

"剁了就不能开枪了。范老板，这根指头对于男人很重要。"蔡老二说着竖起他的食指，在范老板前面晃一晃。

"你开过枪？"

"范老板你知道的……"这几乎是蔡老二的口头禅，其实范老板想不起自己知道什么。蔡老二又说，"我这人也许没多少文化，但是还算有能耐。我懂枪的虽然我自己不用，但我懂得怎么用，在这一行也算老师傅，有人买了枪就会叫我看一眼，好不好，行不行，看一眼我基本上就摸得清楚。"

"这和我有什么关系？"

"现在世道很乱，懂得枪，就会少挨枪打。"蔡老二笑得有些贼了，举了个例子，"前回有一个老板拿了一把枪叫我看看。我一看，仿六四，新桃县坎岩乡独夜寨一个麻师傅出手的货，没有印记，我看看铣工锉痕，只能是老麻出手的货。前几年刘四买来的，后来转给西街苗大，苗大有一阵发毒瘾把这把枪转给界田垯小麻拐。小麻拐打了两枪嫌不好用，又出手了，卖到这个老板手里，就只有八颗子弹。这个老板要我看看好坏，我又试了两枪，瞄不准，想打一只老鱼，没打着。正常情况下，我不可能两枪打不死一只老鱼。"

"那老板姓什么？"

"这个不能说，范老板你是知道，每行都有规矩的。我这个人懂规矩。"

"我知道你懂规矩，但现在我已经另外请了司机，说好了的。这也是规矩。"

"我虽然懂规矩,但也不是什么都不知道,可以说,该知道的情况我都知道。你要请崔大林的弟弟当司机,后来因为客观的原因他没有来成。现在你还没有招到新的司机。范老板,女人是新的好,司机其实还是旧的好。"

"你这是逼我。"

"范老板,我只想鞍前马后跟你跑,幸福你的幸福,快乐你的快乐!"

范老板不知道怎么回答,老朱却吃吃地笑。他憋了好一阵,终于憋不住。范老板严厉地说:"发神经!"老朱赶紧把剩下那点笑嚼碎,咽进肚里。

范老板又看一眼蔡老二,蔡老二这一阵染了黄毛,黄毛和眼神此时一概充满期待,像一头进口的宠物。

"你这事我还要和人商量一下,你等几天。现在你下车!"

"范老板,雨下得太大,到前面一页琴网吧,你再扔下我。"

车子还堵在门口,许多孩子源源不断走出来。范老板只好沉下心思欣赏小孩们一张张花骨朵般的脸。蔡老二在一旁吹起了《两个小娃娃打电话》。

夏天多雨,有时候范老板会紧紧衣服,将两只手环抱起来,摆出思考的样子。思考一会儿,发现虽然天在下雨,温度却不低,遂将两只手放下。他有时看见蔡老二,大多数时候蔡老二不会闪现在他眼皮底下。他有时候看见喜苹,还是大堂经理,最近又到哪家美容医院押了皮,脸皮绷得更紧了,身体皮肤绷得更紧了。有一晚她睡了他去摸她,几乎摸了个遍,没发现疤在哪里。他感到不可思议，她是个大身坯的妇人，即使玩了命想将自己弄得苗条或者纤细，一些细部皱纹的密集仍然昭然若揭。以前她身上有这么多褶皱，断然不会是打几针就绷得紧。如果开刀，疤痕怎么又找不着？

有时候，他提醒自己不要太好奇。她皮肤松弛或者绷紧，和自己又有什么关系？和她偷没偷人又有什么关系？

这一阵，范老板没有闲心去想这些，新的烦心事又找上门了。有一天，小倩有些为难地站在他面前，无奈地杵来一眼，又迅疾地勾下脑袋。

"是不是想结婚了？是不是先杰要你来跟我说？"

他看着女儿姣好的模样，一阵阵揪心的痛。他早知道好白菜迟早要被猪拱，只是没想今天轮到自己家。

小倩羞涩地点点头。他想提醒她，这事情还须谨慎考虑。世界归根到底是你的，只要擦亮眼睛，就不难发现，十个男人有九个会比先杰更好——保守地说，也不会少于八个。为什么一定要挑先杰？但范老板这时候不想再干诲人不倦的事，每个人的心都是如此顽固，谁又会被谁真正说服？

"给我点时间，我现在有别的事要办。"

"我只是来跟你说一声，这事我已经想清楚了。"刚才小倩脸上还有一层毛茸茸的羞涩，转眼全不见了。

"那你来找我说什么？"

"我只是来找你说一声。"她说，"先杰跟我说了，他根本没有别的想法。你的这些东西包括酒店，你可以捐给别人，我们不要。"

"难道捐给红十字会？"

"爸，这事你看着办。在你不了解先杰的情况下，先不要对他有什么成见。"

小倩走后，他才恍然明白过来，在女儿心中，先杰竟然是个道德模范，而自己只是势利小人，以为别人的接近都是图谋钱财。他知道，在先杰这件事上自己完全失败了，这么多年以来，自己注定是在给一个杂种打拼。

僵持了一阵，范老板只得默认了这事，让喜苹交出户口。登记那天先杰又把自己弄得油光水亮，在酒店里狠摆了几桌。外面陆续有人进到酒店左侧的餐厅，大多是先杰的亲戚朋友以及马路上晃来晃去的兄弟，范老板这边的亲戚象征性地去了几个。范老板坐在自己办公室看着窗外陆续涌来的人群，什么也不说，把手伸进抽屉摸了摸。那把枪沉默，却有些发烫。餐厅经理敲门进来，显然有情况要汇报。"你家那位……先杰跟我们说了，今天的酒他一定要买单。你看怎么办？"经理不敢自行决定，要请示到底给先杰打几折。

"全价，一分都不能少。"范老板呆呆嘴皮又说，"加收百分之十服务费！"

"要是他晓得价格……"

"我反正是在帮他赚钱。"他又补充，"羊毛出在羊身上！"

餐厅经理刚走，先杰后脚就来，这一情况搞得范老板眼皮一跳，难道说，先杰把菜价都记个烂熟，经理一开口他就算好价格不对？不，倒是表情不对。先杰脸上堆着许许多多的笑，仿佛故意用笑把脸廓僵硬的线条变得柔和。"爸，那边都差不多了,就等你了。"先杰轻车熟路把范老板叫成爸,同时他把自己那个爸叫成老东西,加以区分。

"呃,晓得。"范老板把手托在下巴颏上,打量着先杰。

"爸,你有心事?"

"呃,今天这种事,我没法和你一样开心。"在先杰那片灿烂笑容映照下,范老板心情愈加灰暗。迟疑好一会儿,他仍是憋不住问先杰,"要是你妈……我是打个比方,要是你妈,她有一天被人欺负了……"

"爸,这种事每个人都难免……"先杰脸上仍是知冷知暖的模样,赶紧绕过大的办公桌靠近范老板,同时将嘴凑近他的耳朵,"这种事情,你要知道,一般情况下,老妈和老婆都不是拿来让别人随便搞的!"

范老板一想,被搞似乎有些严重。难道我说过先杰的妈被别人搞了?他及时纠正:"不要会错意,我只是说被欺负。"

"蔡老二那杂种,做掉他原本不难!"先杰化掌为刀,狠狠地斜拉一道弧线。

"做掉?"范老板咀嚼这个词,如此陌生,又如此熟悉。

"对,做掉!"

"不难?"

"对,原本不难!"

"原本?"他知道这意味着对方把球踢回来,又瞪了先杰一眼,"现在不行么?你有空,去帮我做这事。你要枪,我去帮你找。"

"不是枪的问题,枪随时都拿得出,子弹也足够打死半打人，这肯定的。"先杰两只手撑向大桌，"问题是，爸，这事情你一开始没有找我，找了何卫青这样的老东西。这种事，必须一下子就找对人。现在谁都知道你找何卫青做掉……"

"谁都知道，谁知道？"

于是，先杰腾出一只手搂住范老板的脖颈，又说："别急，听我说完。现在他们也都知道何卫青找不到人，他要亲自动手又没有枪。我不是不帮你弄这事，其实也没多大的事，但这必须不暴露。到了这一步，只要一动手，他们就知道这事是我做的。只能是我。"

"他们，到底是谁？"

"该知道的人。"

范老板本想问，一开始就找你，你真的可以"做掉"蔡老二？但他没开口。先杰是个杂种！这杂种又开口说话了："爸，既然现在已经是一家人，我是想，再亲亲不过自家人。我可以把外面的事停下来，到酒店帮着点，照看着点。"

"这个不需要，一个萝卜一个坑，人事已经安排好了。"

"爸，一块菜地即使种满萝卜秧，空隙还可以点蒜籽，互不影响。蔡老二，现在做掉他固然时机不成熟，但平时我可以帮你盯着他。"

"我有什么需要你帮着盯着的？蔡老二跟你讲过他接下来要干什么了吗？"

"没有没有，我又不是跟他一伙。"先杰明白人，知道今天讲话怎么都讲不顺了，只好打住。他挤了挤眉毛，提醒范老板，"爸，可以走了不？"

"我不想去可以不？"话一说出就后悔了，他回过神，冲着先杰发脾气，误伤的却是小倩。幸好，先杰是个死皮赖脸的人。

"好的，那我就不打搅。"先杰忽然良心发现似的，深深鞠了个躬，折身出去，轻轻带上门。

范老板咬咬牙，冲着先杰的背影暗骂一句脏话。独自待在偌大一个办公室，感到闷，外面传来爆竹的声音，爆响的间歇，还有人们碰杯吆喝的声音。还有主持人，他说普通话拿腔捏调，扩音系统却是全套德国进口的，所有的腔调都按比例扩大。窗外的天空既蓝且深。范老板走出去，自家酒店竟显得有点空旷，仿佛所有的人都挤进餐厅祝福那个杂种。他没有惊动司机，自己去开车。他很久没有开车了，但相比以前开过的摇把子拖拉机，自动挡简直可当成玩具，出厂时附一纸说明书，顾客看一眼，上手就能用。

他把车开出去，漫无目的地开着，直到何卫青撞进眼帘。

已是下午，何卫青拖着一个读幼儿园的小孩。小孩蹦蹦跳跳，相应地，何卫青竟有些蹒跚。他把车贴近人行道，摁了摁喇叭，何卫青没反应。

"老何！"他只有探出头去，冲他说，"你儿子？要不要上来？我送你们回家。要不去吃肯德基。"

"走走。"

"那我也走走。"

他停妥下车，和何卫青父子并排地走。小孩夹在中间，他也想拉小孩空出来那只手，小孩不接。何卫青就说："不懂礼貌。你还没叫人呢，叫叔叔！"

"叫伯伯！"范老板补充。

小孩终于开了口，"爷爷。"

"讨打，叫伯伯。"

"是爷爷！"小孩坚持自己的判断。

两人相视一笑，也不计较，信步往前走。走不远到桥头，有人摆开一排电摇车，车头做成喜羊羊，做成光头强，哄小孩上去坐，一块钱晃五分钟。何卫青的儿子老远就跑了过去，骑在海绵宝宝身上，海绵宝宝内裤里有一张小椅子。海绵宝宝上上下下地晃起来，小孩就乐不可支。范老板就把何卫青拉到一边说说话。桥下面，又有一对新人拍婚纱照，那女的几乎没有乳房，但也穿了低胸。两人扶着栏杆，脑袋九十度地垂向下方。

"那件事情想清楚了，你要枪，给你。"

"你肯定是香港片看多了，有点钱，老是想打死这个打死那个。要是赚钱就想杀人，你说，有没有意思？"

"你不要跟我绕来绕去，老何，以前你是最讲信用的人。我给了你钱，你不帮我办事，反倒要我弄枪。现在我帮你把枪也弄来了。"

何卫青狠狠地抽了一口烟，说："你看到的，我们都老了，我儿子，不知道的人都以为是我孙子。不要再打打杀杀的了，你不敢杀人，只想知道有钱到底能不能买一个人死。现在我回答你，有钱可以买一个人死，但那不是你干的。"

"我花钱就买你几句屁话？"

"我们加起来都一百多岁了,碰个面却在讲杀人,这像什么话?这又有什么意思?老范,你女儿都要嫁人了。明年你有个外孙,抱在手里玩一玩,看他捏在手里像一块水豆腐,就会觉得杀人的想法很幼稚。"

"别说这个,说这个更想杀人。"

"拿你没办法,跟你讲什么都是空的,你反正就是想杀人。老范,我们都老了,反正我老了。我儿子在叫我,我要不过去他就会撒泼。没办法,我把他惯坏了,一想我都这么老了他还这么小,就舍不得打。要是你觉得你还年轻,不要成天想着杀人,有心情就看看桥下那个妹子。现在活着多好啊,年轻妹子都把胸脯露出来让人随便看。我们命苦,年轻的时候女的个个裹得像是粽子,你多看一眼她就亏了血本似的。"

何卫青说自己老,这时却年轻起来,拿烟蒂朝桥下那穿婚纱的妹子弹去,河风却把烟蒂带到看不见的地方。

蔡老二走过来,目光一触范老板,便条件反射似的拧出笑,笑得费力,看得人也是难过。范老板脑袋一阵恍惚,虽然蔡老二一直在酒店里干活,但已多时没见他人。喜苹有了新司机,这回找个女的,年轻且漂亮,唯个子矮喜苹半头。喜苹乐意跟那女司机处得像姊妹花一样,同进同出,形影不离,但又看得出是贵妇带着丫鬟。

这一阵,若非出门见重要客户,范老板已习惯自己操方向盘,面对高速路上路口的交叠,方向盘一打,想去哪去哪。

今天脑袋一抽搐,又把蔡老二叫来。蔡老二成了酒店的客车司机，根据人数多少，开着商务车、中巴或者大巴去接人。他的收入远远比不上以前，只能挣几个死工资。以前贴近老板，只要人机灵一点，懂得摇尾乞怜，懂得看眼色行事，老板免不了会多扔几块肉骨头。

蔡老二心里窝着一把火，暗骂自己，花这么多力气留在范老板的酒店做事，还不照样是被人捏的螺蛳？心里怀着愤恨，一见着范老板，又像是见着爹娘，赶紧奉上一脸笑。笑一笑反正不要成本。

"老板，想去哪里？"

"你随便开，散散心，透透气。"

"随便开？那要不要……"

"不要！"范老板很少这么斩钉截铁。

很久以前，要说散心大多是往城郊走走，但现在城郊成了稀罕之物，每个城市都塞得满满当当。开着车散心，一晃眼穿过两三处县城。蔡老二本想抓紧时间说些贴心贴肺的话，逗趣开心的话，让范老板恢复记忆，记起他蔡老二不光开车还可以解闷。嘴却像是堵住了，蔡老二有话始终说不出来，车内古怪地宁静。

终于，蔡老二说："范老板，我知道你最近心情不好。"

"呃，说说。"

"先杰是个杂种！"

"你从什么时候知道的？"

"他一生下来。"

范老板不语，心里一酸。小倩和先杰的婚宴还没摆，各种状况就不断冒出来——和这种人渣搅在一起,哪有不吃亏的道理?先杰在外面有得是女人,两人扯证以后,先杰就认为用不着隐瞒了。最近小倩好多次哭红了眼睛回到他身边,说自己被骗了,想离婚。范老板只好苦笑,先杰盘算了那么多年才把结婚证扯上,可能也是他一辈子做得最成功的一件事,现在想摆脱,不见血怕是不可能。见血的事,恰恰又是先杰的长项。

范老板摸了摸包,枪在里面,但没上子弹。把枪带上车以前,他心子就发紧,怕子弹压在膛里,敲死一个人变得太过容易。万一自己想起这么多年的委屈,突然一下灵魂出窍,掏枪就敲了蔡老二的脑袋……只这么想想,头皮就发麻,背脊心一阵阵发紧。人又如何保证任何时候,每分每秒都牢牢地管控自己?他赶紧卸了子弹,留在房间某个不起眼的角落。感受到枪沉沉实实待在包里,范老板情绪才稍稍有所放松。

"要是你女儿被先杰这样的杂种骗了,你该怎么办?"

"他要是敢惹到我家……"蔡老二欲说又止,正好前面会车,路面忽然变窄,他要处理眼前的情况。稍后到了平阔路段,蔡老二把车停在路边,扭过头来,认真地看着范老板,"本来,我可以帮范老板处理这事,但现在已经迟了。"

"怎么说?"

"先杰和你家小倩领证请酒那天,你都没有露面,而是去找何卫青处理这事。你怎么能找何卫青呢?何卫青处理不了你的问题,但别的人都知道你要处理先杰。现在已弄得尽人皆知,你再叫我处理问题,难度就无限地增加了。"

"你说的别的人是谁?"

"该知道的人。"

"我不认为有谁应该知道。"

"你都不知道何卫青是个漏勺。"

"我找何卫青根本不是为了处理先杰,那时候我还没有这个想法。"

"那你找他……"

蔡老二问得太多,范老板不想有问必答,于是他说:"我和他认识很多年,偶然碰了面,想请他吃个饭可不可以?"

又是一阵沉默,蔡老二继续将车往前开。后来,蔡老二若不经意地又启开了这个话题。"何卫青不敢帮你办事,他就问你要一把枪。如果给他一把枪,不要以为他就真能给你办事。他会说这把枪不能用。"

"枪为什么不能用?"

"仿造的枪,质量没有保证。新桃县出来的货往往这样,当着客户的面啪啪打两枪,看着没问题,实际上枪管已经严重变形。再开第三枪,子弹说不定会在枪膛里爆开,像周星驰电影里演的那样,瞄着对方开枪,伤着的却是自己。"

"这样啊?"

"所以嘛,新桃县的地下枪械厂,即使公安局不去查,质量监督局也要去查。买枪的人往往都是心里有事说不出的苦命人,这些狗日的枪贩子还拿着残次品卖给人家,简直伤天害理,没有人性。"

范老板不吭声,又摸了摸自己的包,硬邦邦的。这枪看上去质量还不错,枪管变不变形,他也不会检查。

"已经到朗山了,要不要找个地方?我知道这里有个地方,还不错。"

"不用,掉个头回去。"

"范老板,不是你想象的。朗山龙潭古镇现在搞起旅游,也随时在拍电影电视剧,有点像影视基地。要是你碰见你喜欢的女明星,比如章冰冰或者范子怡,我就麻起胆子帮你问问,看人家搞不搞援助交际。"

"援助交际?"

"给她钱,看能不能一起吃个饭。"

"呃,那也行,范子怡也姓范。"

"那就范子怡!"蔡老二这时真的扭过头来,皮条客的嘴脸。

龙潭古镇的旅游生意才开张,稀稀拉拉有些游人,此外看不到任何剧组拍戏,别说大明星,电视上稍微相熟的脸都找不出一张。两人在古镇里转两圈,蔡老二的厚脸皮也有些绷不住。"他们明明是这么说的。"

"谁说的?范子怡跟你打电话说她在这里等你?"

既然已来,就接着转,蔡老二眼睛放亮,很想找出些有意思的东西,戴罪立功。这样,他就发现,在河畔几棵大柏树下,摆了一溜道具服装,有皇帝穿的,有土匪穿的,有日本兵穿的,也有古代将军的铠甲,铠甲是用一块块亮片串成的。蔡老二手一指,说:"范老板,要不然我们也换上戏装,拍几个照片?这是有些不高级,但是,总是不高级的事情会让人开心起来。"

"你说得对。我就是看你不高级所以容易开心得起。"范老板走过去，走到一堆道具服装中间，挑了一件日本少佐的军装。这种服装把他稍嫌臃肿的身体绷得板板正正，穿好以后他胸腹不自觉地挺直一些。蔡老二帮着他把日本军装穿好，自己准备去找一件日本士兵的服装。

"不行，你穿这件。"他指了指国民党女兵的服装。他记得，以前电影里女特务都是穿这衣服，帽子像一块西瓜皮，要是没有别针，可能没法稳稳地扣在人脑袋上。

"这是女人穿的。"

"有什么关系？我叫你穿你就穿。"

蔡老二撇撇嘴，艰难地把偌大块头一点点藏进女人的衣服里面，旁边就有人停下来欣赏这一幕。范老板指定租道具服装的老板掌机，然后他要蔡老二跪下来。蔡老二挺聪明的一个人，穿上女人衣服立即现傻。他问，为什么要跪下来。

"演戏，情节发展需要这样。难道还是我给你跪下来？"

"这是哪里话嘛？范老板……"

"少啰嗦，跪下！"他用力喝了一声，竟然快感十足，还想上去补一脚。但蔡老二已经应声跪下了。

范老板操起了一把手枪，是木头削成的，涂上黑漆，看着像一块炭。首先，他觉得自己有必要讲一讲"剧情"："是这样，好比一伙日本兵抓住你，一个国军女兵。好比他们每个人把你摁在地上尽情轮奸了一圈，发泄了兽性，完事裤子一提还不认人，要枪毙你。这种事不讲道理，本来就是这样。"

"范老板！"蔡老二无奈地说，"演戏就演戏，请求太君不要一手拿枪一手拿手机，更不要刷微博。"

"你考虑得周全,那个时候没有微博。"

围过来的人越来越多,蔡老二这时候竟然有点不好意思,"能不能不跪,站着枪毙行不行?"

"我认为还是跪着更有真实性。"

蔡老二刚调整好跪姿(要摆出合符范老板要求的姿势),范老板忽然变得敏捷,向他靠近。就在这一刹那,范老板扔掉手中那只木驳壳,从屁股后头抽出一把仿六四式,比着蔡老二的脑袋。"叭勾",他嘴里这么叫了一声,其实很不专业,那是汉阳造的打向山谷的回响。蔡老二演得特别投入,腿候忽一软,整个人就像一摊鼻涕粘在了地上。他的演技甚至引来一片掌声,有好事者高叫再来一个。围观的人也纷纷举起手机。

好一会儿之后,范老板去拉他,他两条腿还聚不起力气,一脸假白。

稍后回到车上,范老板看这情况,就让蔡老二坐在驾驶副座,自己开车。

"现在我是你的司机,你闭目养神。"

"那怎么行?老板,还是我来开。"

"你看,你那个样,手也不稳当,你敢开我也不敢坐。"

蔡老二本来就没有完全回过神,现在范老板客串了司机,他就不自在,赶紧找话讲:"……话说有一天,戈尔巴乔夫让司机停下来,他自己要过过开车的瘾。经过一个收费站,收费的只敢敬礼不敢掏收款单。别人问他看到什么样的人,吓成这样。收费的说这人不认识,但戈尔巴乔夫是他司机。"蔡老二的脸仍然没有血色,磕磕巴巴地讲起这个笑话。范老板笑不起来，认真看向前面，一脚踩到百码以上的速度。

天开始黑了。进到一个隧洞，蔡老二才说："那把枪太真了。"

"是啊，我一看这玩具枪，跟真的一样，就买下来玩一玩。"被一团团暖色的光晕照耀，范老板的心情一点点好了起来。他又说，"还是你懂得让我开心，从明天起，还是你来帮我开车！"

蔡老二闭目养神，仿佛回应了一声。之后蔡老二懒得说话，范老板心情却不错，又不想耳畔太安静。蔡老二既然不愿说话，他也就体恤民情，不强求，扭开车载广播找台。一个名嘴的声音蹦出来，仍然是在讲段子。话说一个老大对一个马仔不太放心，因为该马仔晓得的事太多。有一天老大把马仔找了来问话。"一加一等于几？"马仔说二。"那二加二又等于几？"马仔掐了掐指头说四。"你知道得太多了。"老大认为理由已经找足，一枪把马仔撸了。

蔡老二明明是睡着了，这一下忽然被自己的笑呛醒了。范老板也会心地一笑，暗自想，名嘴就是名嘴，被他们一说，老大永远那么潇洒。

图书在版编目（CIP）数据

开屏术/田耳著. -- 上海:上海文艺出版社, 2021
（田耳作品）
ISBN 978-7-5321-7983-1
Ⅰ.①开… Ⅱ.①田… Ⅲ.①中篇小说－小说集－中国－当代 Ⅳ.①I247.5
中国版本图书馆CIP数据核字(2021)第134827号

发 行 人：毕　胜
策　　划：李伟长
责任编辑：江　晔
装帧设计：付诗意

书　　名：开屏术
作　　者：田　耳
出　　版：上海世纪出版集团　上海文艺出版社
地　　址：上海市绍兴路7号　200020
发　　行：上海文艺出版社发行中心
　　　　　上海市绍兴路50号　200020　www.ewen.co
印　　刷：上海天地海设计印刷有限公司
开　　本：890×1240　1/32
印　　张：7.5
插　　页：2
字　　数：156,000
印　　次：2021年8月第1版　2021年8月第1次印刷
Ｉ Ｓ Ｂ Ｎ：978-7-5321-7983-1/I · 6329
定　　价：45.00元
告 读 者：如发现本书有质量问题请与印刷厂质量科联系　T:13817973165